U0036297

魔豆

魔豆

SEA VOICE 古董店

卷二 法官大叔

林綠Woodsgreen 著

陰冥
小店員的資優生學姊。
吳以文
古董店小店長。
連海聲
古董店店長。

SEA VOICE 古董店

人物介紹

SEA VOICE 古董店

卷二

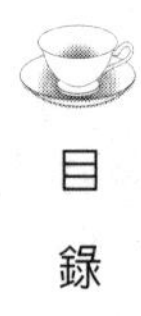

目錄

有個世界通行的笑話，不知道庭上有沒有聽過？
法律之前，人人平等。

一、落難法官

吳以文叼著黑書包，兩手提著裝滿食材的環保袋，平穩地走在小公園的欄杆上。古董店店員一如往常在禮拜一放學後於黃昏市場採買店長大人的飯菜，唯一不同處，就是環保袋內側還小心藏著一只大紅色紙袋。

連海聲會發現男孩隱藏的小祕密，還是懶得理他，全憑店長的心情指數。

到達目的地，吳以文垂著發呆似的雙眼，用充滿彈性的屁股頂開琉璃門板。「叮鈴」，銅鈴歡迎小店員的歸來，他飛快掃視店內實況，立即解除警報。

有客人在，來賣東西的客人。

「老闆，回來了。」吳以文向連海聲欠身行禮，那位雲髻美人只是不停用長指撫弄桌上的木盒，沒有理他。

小店員在心底平靜地歡呼一聲。

核桃木桌鋪了一層厚實藍絨布，藍布上墊著一只老舊木盒，也就是這門生意的重點。

「連老闆，這可是昨天剛出土的寶貝，今個我就送到您面前，對您的誠意眞是沒話說。」賣家是名竹竿瘦的男人，陪著銅臭味的虛僞笑容，只等美人點頭應予交易的價碼。

「就這個糟盒子給我，眞是好誠意呀！」連海聲推開木盒幾寸，鳳眼輕蔑地瞥過一邊。「文文，衣服換好了沒？」

「還沒，老闆。」店後響起店員死板的回應，竹竿男人嚇出一身冷汗。

「拖拖拉拉，人家都欺負起你老闆了，還在那邊幹嘛？還沒長大就膀胱無力嗎？」店長拉開清亮嗓子大吼。曾經有個富商開出爲數不小的支票，希望連海聲在他面前只笑不說話，以免氣質敗盡。

不一會，吳以文面無表情走出來，挽起兩邊衣袖。男人尖叫，男人逃跑，半分鐘後，又回到古董店磕頭謝罪。

「連老闆，你不滿意價錢可以慢慢商量，用不著來這招陰的。」男人戰戰兢兢，想當初第一次來碰運氣，以爲這兩個婦孺好欺負，結果不小心叫了聲「小姐」，身體就被對半折了，回首想起眞是血淚斑斑。

「很好。」連海聲看了看自己的長指甲，然後慢條斯理地比出三根手指。

男人傻眼，要不是這東西只有這家店敢收，他到金盆洗手也不想見到連海聲的奸商微笑。

美麗的店長大人撥了撥眼角的髮尾，啜了口茶水，手指不知不覺剩下兩根。

「連海聲，你會遭報應的！」男人咬牙說道，突然眼前一黑，隨地心引力往地毯倒去。

吳以文掛著極地的表情，收回出拳的右手。這家黑店已獲得黑白兩道的默許——店門以內的空間，不管做什麼都隨店長意思，即使服務生拆了客人的骨頭也只要記得拿去廚餘桶回收就好。

櫃台下，連海聲輕輕晃著他的長腿；而檯面上，他只剩食指輕敲木桌。

男人趴在地上，殘酷地面臨兩種選擇。一、回家去苦等古董店老闆匯十分之一的金額給他……也可能是百分之一；二、被打被扔出去，然後貨就被那個邪惡店長私吞。

「好，算你狠！」男人含著淚光哭喊。

這一行流傳一句金玉良言：「沒有身家勢力就不該認識連海聲。」

等苦命的竹竿男子一走，店長樂呵呵捧起不起眼的小木盒，在店裡繞了一圈，得意洋洋地坐回他新添置的大理石寶座。

「眞是一個寶貝！」

「老闆被雷劈，我怎麼辦？」吳以文發出憂心的問句。

「去去去，什麼烏鴉嘴！還不快去煮飯！」連海聲惱怒地趕人去廚房。

煩惱的店員還沒跨出前腳，另一位訪客又推開大門。不知道爲什麼，每次這傢伙來，門口的銅鈴都會多響好幾聲，像是屁股後面跟著一堆拉里拉雜看不清的怪東西。

身形瘦長的年輕人，今天沒穿遊民服，也不是趕屍專用的道袍。頭髮梳得乾乾淨淨，短袖中國服和七分褲也不會太突兀。

「連姑娘，下個星期六宜出行，陸某正好受託到後山撿骨作法，冒昧請問妳是否願意和在下一道看日出麼？」年輕人朝氣十足地邀請美麗動人的店長大人。

連海聲美目殺氣騰騰瞪了過去，坑到寶的喜悅馬上被還沒住進神經病院的大學生澆得一乾二淨。

「祈安哥好。」吳以文低首行禮。

「好、好，以文弟弟要不要一起來？」道士哥哥可能是全國茫茫人海中僅有能夠無視連海聲殺人目光的珍稀生物，他也逼得對方快到脫光光的底線來驗明正身。

吳以文搖頭。敢點頭，今晚就只能睡馬路了，而他也有事抽不開身。

連海聲還沒編完一長串咒罵人家祖宗十八代的逐客詞，年輕人就變了臉色，嚴肅地走到櫃台前，望著店長手中字典大的木盒。

「邪物。」陸祈安喃喃一聲，眉頭蹙了起來。

「怎麼辦？祈安大師。」吳以文凝重地詢問解厄辦法，相較於店長的鐵齒，小店員深信著不可思議。

「連姑娘，請把它交給我。」陸祈安伸手就抓，和美人店長僵持不下。

「不要，有搶匪啊——！」連海聲根本不想動，也不想承認他的力氣輸給有妄想症的死大學生。「笨蛋，還站在那邊幹什麼？真是白養你了！」

吳以文輕手拉開好心的大哥哥，要老闆放棄到手的黑貨，比小銀一號重見天日還難——自從上次公路飆車，店員的機車就被禁足了。

連海聲抱著舊木盒奸笑，還幼稚地朝人家吐了吐舌頭，陸祈安只能看著利慾熏心的美人兒一點一滴陷入萬劫不復之淵。

「老闆，我送祈安哥去搭車。」

「你可以陪他等公車。」連海聲突然大發慈悲地說，「然後一把把他推下去給車輾成肉醬！」

於是吳以文拉著年輕道士的褲頭往店外走去。店長以當大壞蛋爲傲，任憑神仙來渡也死性不改。

古董店店外轉角停著一輛貨車，俊美非凡的青年從駕駛座下車走來，向吳以文道謝並且接棒帶回與失智老人沒兩樣、經常走丟的道士友人。

「喪門，等一下，我有東西要給他，保平安的。」陸祈安急忙掏著全身上下所有口袋，空空如也，才想起他爲了見大美人換了衣服，隨身的小東西都忘在原來那件破牛仔褲裡。「哎哎，眞是人算不如天算。」

「只是你脫線而已。」喪門身爲道士同年好友中肯說道，順手摸摸吳以文的腦袋。

「這孩子怎麼了？」

陸祈安看著乖巧地給大哥哥順毛的古董店小店員，久立無語，不知該怎麼開口。

「我回去煮飯給老闆吃，祈安哥再見。」吳以文一鞠躬致意。

年輕道士只能叫住吳以文，食指輕點男孩鼻唇之間的人中，暫時緩和他將至的厄運。

「小文，你最好離『從法人士』遠一些。」

吳以文既然在黑店工作，已經習慣了像是青春期痘子一般，三不五時冒出的災厄。

「會衰嗎？」

「三顆子彈，縱然你天賦異稟，也會死喔！」陸祈安無奈笑道。

夜深了，也到了古董店拉下鐵門的時候。店長吃飽喝足，又劫掠一項出土珍寶，伸個滿足的懶腰，明天再繼續爲非作歹。

吳以文出去店外巡視，做最後的安全確認，順便檢查有沒有迷路的貓咪可以養。過了許久，連海聲仍沒聽見鑰匙鎖上琉璃大門那聲「叩」的清響。

「跑去哪鬼混了？還不快點進來！」店長扯開嗓門罵人。

「老闆，有人。」吳以文轉身稟告。

可連海聲看向門口，除了笨蛋店員，沒有第二條人影。

「倒在地上。」吳以文補充說明。

「死了沒？」連海聲勉強提起一些精神面對突發事件，踏著絨布拖鞋走來店門口。

「還沒。」吳以文確認過對方的呼吸心跳。

「別管他，去睡覺！」連海聲是個門前雪不掃、貫徹自私原則的人物。

「可是老闆，他抓我的腳。」吳以文平板中帶點無辜地說。

「踩斷他的手。」店長想也沒想就以言教扭曲小孩子的道德觀念。

「他快醒了。」

連海聲受不了，推開門來，先過去用力捏上一把店員的蠢臉頰，再蹲下來打量不長眼倒在他店門前的混蛋。

那是個其貌不揚的老男人，頭髮花白，一副虛脫無力的死樣子。連海聲把滑下的長髮勾回耳畔，對著中年人的魚尾紋撇撇嘴。

好死不死，偏偏自己認識他。

白髮男人半睜那雙小眼睛，模糊盯著連海聲瞧，一清醒過來，不由得悲從中來。

「請幫幫我，小姐……」說完，人昏過去了。

連海聲抽動他白皙的臉皮，轉身回去，鐵鋁門、琉璃門全都氣急敗壞全部關上。

吳以文脫下工作服蓋在老男人肚皮上，身上剩件白色小短袖，被店長毫不留情鎖在門外的他，只能認命坐在人行道，等候明天的太陽。

好在店長大人終究在爬上床一覺天明前，咬著牙，穿上湖藍色的絲質睡衣，踩著毛茸茸的拖鞋扳開店門，扭住看上弦月發呆的小店員的笨耳朵，把吳以文拖進店裡，連帶那個被他扛在身上的老男人。

白髮男人幽幽轉醒，以爲自己置身夢境，驚異望著四周映著暖光的奇珍異寶，看似隨意又那麼合適地處在它們所屬位置，眼前坐著一位噘著粉唇的藍彩仙女，不過「她」纖細白皙的頸子上有喉結。

「坐。」連海聲輕輕一抬手，意興闌珊地招呼不速之客。

白髮男人掛著那身破了十來八個洞的西裝襯衫，皮鞋掉了一只，聞言努力往後跳上櫃台前那張紅木圓几，卻屢跳不中，實在是腿太短。

連海聲抱著肚子，一聲聲清靈大笑，害男人老臉窘迫。

「文文，去泡咖啡。」連海聲笑到大爺滿意了才斂起臉色，美目從頭到腳掃過狼狽的老男人，嘴角停在平時勾起的弧度。「嚴清風法官，你爲什麼會死在我店門口？」

「我不知道……」白髮男人茫然地說，語氣有些不知所措。

要是隨便一個中年快步入老年的傢伙，連海聲只會當作失智發作，從安養院走失到他店前。但這個小矮子是司法界的龍頭，年輕時被天海幫主拿槍抵著頭，仍是口齒清晰告知對方違反多少法律條文，再棘手的案件也不眨一眼，從未看過他如此失魂落魄。

吳以文拿了一杯澄淨不過的水出來，連海聲看了一眼，立即往店員手背打去。

「老闆要是的咖啡豆的咖啡！不是這個無色無味只能拿來漱口的白開水呀！你的蠢腦袋病毒已經蔓延到耳膜去了嗎？」

「咖啡快好了，老闆不能喝，醫生交代的。」魔頭女醫師的處方箋足以和老闆的命令一較高下。「先生，要喝咖啡豆熬煮出來的黑咖啡嗎？」

「謝謝，不用了。」白髮男人微弱地搖頭，看來心不在焉，懸空的短腿搖來晃去。

「糖和牛奶？」吳以文以一貫的單調口吻勸誘疲憊的客人。

「你這個吃裡扒外的死小鬼！」連海聲對店員的教育一直是失敗大於成功。

「老闆，倒掉可惜。」憑店員的本事，那壺香濃熱咖啡價值可觀。「加鮮奶跟很多糖，苦味很淡。」繼續推銷。

對方頓了下，還是搖頭拒絕。也因爲身材比例關係，那顆白了大半的腦袋，特別帶給人毛線球的聯想。

「有果汁。」吳以文被連海聲擰住腰肉，還是直挺挺地執行服務生點餐的工作。

白髮男人神情糾結，天人交戰一陣，腦袋鄭重點下。

於是，吳以文的身影沒入後方廚房。連海聲轉著桌上的水杯，心裡非常不是滋味。

「嚴法官，既然不是啞巴，就快點交代發生什麼事，你還沒偉大到讓我陪你在大半夜在這裡耗！」店長態度惡劣，無血無淚，主因在於硬被人戒咖啡而那個笨蛋也沒問他要不要喝茶，所以心情很差。

「有人要殺我。」名叫「嚴清風」的男人平靜開口，蒼白的唇都乾裂了，他那在法庭上總是義正辭嚴的渾厚嗓音也顯得粗啞。

吳以文捧著一大杯冰涼蘋果汁到來，香甜氣味瀰漫而來。嚴清風兩顆趨近於圓形的小眼睛頓時放亮，等服務生遞上果汁，馬上抓起可愛造型吸管呼嚕嚕往嘴巴灌。

「好喝嗎？」吳以文試探性地問，男人點頭如搗蒜，店長抓緊水杯。

可口的百分百蘋果汁具有撫平心靈的功效，嚴清風努力吸完最後一滴，回味無窮地舔舔下唇，拿出平時泰山崩於前而面不改色的水準，娓娓道來。

「今晚七點整，從法院回家途中，司機持槍要置我於死地。脫逃後，我死命地跑，結果就昏在這兒。」

「你那個司機，幫你開了幾年車？」連海聲手指輕輕叩著桌面。

「我從沒見過。」

「你讓一個陌生人坐在駕駛座上？你是怎麼活到現在的？」店長發出輕蔑嘲弄，不過笑容倒是興味盎然。

「因爲太累了，而且……」嚴清風臉色一沉，別人變臉很可怕，他只是臉頰有點鼓起。

吳以文又端了小餅乾出來，有巧克力草莓和奶油口味。連海聲還沒順手拿起一塊當宵夜，胳膊向外彎的店員就把點心放到男人面前，兩手揮了揮，示意人家開動。

「你給我滾出去。」店長發火了，小店員只好去店門外罰站。

「外頭那麼冷，別這樣。」嚴清風是第一次到這家店，不畏強權也不怕死地管起古董店的家務事。

「把你的難言之隱說出來，他就沒事了。」必要時，店長不惜拿店員去要脅別人的良心。

「夏節是我的貼身保鑣，他捨命讓我逃出來……」

「等等，你的保鑣也在車上？他沒發現司機換人嗎？是不是一整天心神不寧？他在你身邊工作很長一段時間了吧？你只是不想承認保鑣也是共犯罷了，是不是？」

「不可能，他還跟凶手扭打起來，叫我快逃！」嚴清風握緊不大的拳頭。他的擔心明顯多於猜疑。

「法官大人，你畢竟只是個凡人。」連海聲笑了笑，「別這樣瞪我，最近你更審大案子炒得揚揚沸沸，誰不認識？來，吃點心吧！」

嚴清風疑惑地盯著連海聲的絕世臉龐，他腦海浮現的熟悉感偏偏和那張臉搭不上邊。

「不管怎麼說，先把那孩子叫進來。」

「文文，滾回房裡睡覺。」連海聲打了個大大的哈欠，而吳以文捂著小小的哈欠走進來。

「這麼晚打擾真對不起，明天一早我就離開。」嚴法官一邊說，草莓餅乾一邊一片片接著吞。吳以文瞇得只剩條縫的橄欖圓眼珠，注意到白毛大叔都是拿魚骨頭形狀的餅乾。

「你這陣子哪裡也出不去，相信我。」連海聲拉開抽屜，拿出才剛騙到手的舊木盒，依稀能辨認出鎖孔上頭篆體的字。「嚴法官，你祖上是否曾是地方上的縣令？」

「是，怎麼了？」

「有沒有傳下鑰匙之類的東西？」

嚴清風拉出脖子掛著的項鍊，墜飾是把別緻的銀鑰匙。

「似乎是它拉著我跑來這裡……」他遲疑道，這世上總有些事情沒有道理解釋。

「可以請你試試這個鎖孔嗎？」店長笑著向法官大人邀請，溫柔不過，讓嚴清風背脊一陣發寒。

嚴清風照做，而木盒也不負所望發出開啓聲響。連海聲突然壓下盒蓋，適時地讓裡頭的東西繼續成謎。

「你現在欠個保鑣吧？沒有人當擋箭牌，活著很不踏實吧？」連海聲開始甜言蜜語地遊說，站在旁邊打盹的吳以文猛然竄起冷顫。

「我不是很明白你的意思。」嚴清風板起臉孔。

「我不求什麼，只要事後你願意割愛這把鑰匙。」連海聲爲難的表情好像做了虧本生意一樣，而店員已經知道自己被賣了。

嚴清風看向吳以文，他對他的判斷離不開「未成年」等詞語。

「喜歡吃魚肉拌飯嗎？」吳以文認眞詢問大叔的飲食，連海聲總結他今晚非比尋常的獻殷勤行爲，得到一個結論，逼他站起來狠狠掐捏店員的鼻子。

「老頭子跟小動物都分不出來，你上學是浪費老闆的血汗錢嗎！」

「老闆，不可以養？」吳以文不死心地追問，眼角瞥過白毛大叔。

「不可以！」

二、大叔和小文

兩小無猜，意思是兩個手牽手的小朋友，不像骯髒的大人學會猜忌和算計，彼此間只有純眞的愛。

綠意盎然的一等中操場，一雙璧玉般的高中男生，兩小無猜，他的左手牽著他的右手，並肩走向校園盡頭的草地。

「以文，怎麼看起來無精打采的？」林律人微笑關懷道。師長評比爲近十年少見的品學兼優，全校女同學加鄰近國中小學妹封爲一等中王子殿下，事實上家世也顯赫得跟王室差不多的書卷氣質美少年，伸手輕撫對方的黑眼圈。

另外一個像隻貓，瞇著眼邊走邊打盹的男孩子，簡介爲古董店的小店員。

他們穿越操場的同時，跑道上正舉行例行測驗。七名身穿一等中閃亮亮田徑校隊隊服的選手，衝刺一千六百公尺的最後一圈。不負眾望，中間跑道最帥氣的少年，在觀眾們尖叫聲中脫穎而出，拿下徑賽總冠軍。

沒等教練上去誇獎幾句，仰慕者也來不及遞上毛巾，那名笑容直比頭頂大太陽燦爛，而且怎麼曬也不怎麼黑的明日之星，繼續保持百米衝刺的速度奔向操場正中央兩名穿著校服的好哥們。

「我可愛的小文文，給我來個獎勵的抱抱唄——！」童明夜攤開雙臂，全身汗水淋漓，熱情十足地嘟起雙唇，就要把還在遊魂狀態的目標物飛撲壓在草地上。

吳以文眼皮動也沒動，右腳迴旋踢已全力贈送上去。大家只聽見一聲淒厲的哀號，童明夜就大字形趴掛在青草地上。

林律人保持微笑，什麼事也沒發生過地從混帳身上踩過去。

「以文，我們去吃飯吧！」

吳以文不甚清醒地點點頭，左手拎著三人份飯菜。

「明夜，今天有滷排骨。」

於是，兩位好學生又幸福滿點地牽手離去。

「夜老大，你沒事吧？」其他人趕到傷患身邊時，傷患已安然無恙爬起。

童明夜擺擺手，當務之急就是要在三分鐘內沖完澡，換上香噴噴的衣服，不然林律人那個小人絕對不會留給他半點渣果腹。

「我可憐的阿文。」這句帶著老阿嬤哀悼乖孫子腔調的話，出自於濕答答的腦袋掛著長毛巾，只在下半身穿著運動短褲的童明夜。他摸著吳以文散在青草上的髮絲，嘴邊不時發出詭異的狀聲詞。

「拿開你的髒手。」林律人冷冷地說，挪了挪身子，幫草皮上的孩子擋太陽。

真的很難得看見吳以文呼呼大睡的模樣，他一直是個睡滿八小時的好寶寶。隨便拿根筋推測，都是連海聲惹了麻煩，而青少年是不會責怪自己是害人家六點就得起床弄便當的凶手之一。

「不要我咬了半口排骨就恨我入骨嘛，大少爺。」童明夜拋了記媚眼，林律人用鏡框擋下。「對了，阿人，我對這次『計畫』有個良心建議。」

「怎麼？」林律人稍稍分給痞子一些注意。

「女主角找校花來演吧！個人推薦十二班的丁擎天小姐，人稱一等中之小甜甜天使。臉蛋好身材佳，而且不像某個老闆，個性隨和好相處！」

「駁回，不要趁機追女人。」林律人眼也不眨地說。

「哪是去把馬子啊？阿人，我是爲大家著想耶！再這樣下去，不僅是本來就有那麼點傾向的你被誤會，連帶純潔得像抽取式面紙的阿文和天眞無邪的我，都會陷入萬劫不復的深淵！」童明夜激動地說，林律人傾身過來，優雅拉起毛巾兩端，用力勒住亂說話的白痴。

「我不想有任何人進來。」林律人堅決表示，儘管聽起來有任性的味道。「其實仔細想想，你也是多餘的。」

好過分，童明夜擠出幼小心靈受創的表情，眼神卻是百般正經。

「我也不願意多個人分便當，可是不快點解決女角問題……『桃樂絲』就眞的淪落到讓校長大人來演！那個老男人一臉興致勃勃，太可怕了！」

「會有折衷的辦法。」林律人固執地說，但是昨天校長對他們送秋波的畫面的確讓他的鐵石心腸動搖一下。

「律人。」

「嗯，什麼事？」林律人聽見吳以文呼喚，寡婦臉隨即煙消雲散。

「林家對嚴清風的失蹤有什麼表示？」吳以文睜開眼，像錄好音的機器問道。

「嚴清風……是那個青天大法官嗎？」童明夜難得認識非演藝圈的公眾人物，這也代表那位大叔眞的很出名。

林律人低頭斟酌老半天，良久才對著吳以文的眼睛緩緩開口：「決定觀望。」

「跟老闆猜的一樣。」吳以文俐落地撐起上半身，改爲坐姿，「『權貴果然是自利的害蟲。』」

「阿文，那個不是拿來稱讚的。」童明夜搥地大笑。

林律人臉色陰沉到直下西北雨。

「那麼，『林家眞是應該冠上牆頭草的草字』嗎？」吳以文是個有錯必改的好孩子，可是卻有更加狠毒的趨勢。

「以文，回去跟連海聲說，林家記住他了。」林律人平和地笑著，笑裡藏著千把刀。

楊中和像塊爛泥癱在書桌上，沒半個人過去安慰突然消沉的十三班班長，感覺孤伶伶的，淒淒慘慘戚戚。

他眼前突然冒出小巧可愛的魚骨狀高鈣餅乾，還不停晃來晃去。

「幹嘛啦？」前方座位的主人野餐回來了，楊中和坐起來，毫不客氣擺臭臉給人看。

「梅雨季快到了？」吳以文小睡過後，看起來特別精神奕奕。

「不是，跟天氣沒關係。」楊中和先掃視過四周同學的距離，確認沒有把目光放在他們這邊，才小聲開口。「剛才送作業到導師室，電視台的新聞……啊啊，晴天霹靂呀！」

「梅雨季快到了？」吳以文重複一遍。

「你閉嘴！聽我叫完！我跟你說，嚴清風大法官失蹤了！雖然對外說法是臨時出國訪查，但是訪查什麼啊！他又不是外交人員，最近釋憲案如火如荼，他怎麼抽得開身？聽說大法官兩派人馬勢均力敵，最後的決定權在他身上。你知道他從檢察官時代就是個清官嗎？從不買黑白兩道的帳，仇家一定很多！」楊中和抱著腦袋，小心翼翼地抓亂他的好學生短髮。他的激動和惶恐，世上有幾人能明瞭？

「班長放心，老闆到現在都還活著。」這句話要是被連海聲聽到，店員免不了去滾柏油路。

「你教我怎麼放心得下！他掛了，我看報紙的動力就少了五成，對政界更是灰心喪志，像延世相到最後還不是死得很慘？」楊中和抽了抽鼻子，現在的蠢樣絕對不能被女生看到。

「班長真是性情中人。」吳以文在楊中和桌上堆疊魚骨餅乾，感覺很像隨口敷衍他一句。

「完全不知道你怎會得到這種結論。」十三班班長重新戴上黑框眼鏡，發洩完冷靜許多。「好了，快上課了，把頭轉回去，把零食拿回去……好，要請我吃請裝在袋子裡。」

眨眼間，楊中和桌上竟然出現用餅乾搭建的東京鐵塔。

「班長，好人會有好福氣。」吳以文用他慣用的平板口吻安慰道。

楊中和總算從同學口中聽見一句像樣的人話，微微扯開嘴角。

「想問班長，喜不喜歡吃魚肉拌飯？」吳以文那雙黑眼珠閃閃發亮。

楊中和瞪大眼睛，這時候，就得嘗試以對方的立場了解他蠢話的涵義，害他腦筋都轉到打結。

「好好，我會留意有沒有流浪的小貓和借你生物筆記。」

從古樸的外觀來看，很難想像古董店裡頭藏著這麼一間採光良好，通風整潔，設計充滿現代品味的休息室。暫住在這裡的白髮男人，端正坐在客廳中央的紫羅蘭色三人大沙發。沙發專爲大美人的長腿設計，以致於他偏短的雙腿搆不到地，只好晃來晃去。

嚴清風正在收看午間新聞，而新聞的焦點人物就是他。看著螢幕上被記者們撞來撞去的司法人員、麥克風插來插去的助理同事，還有平時來家裡幫忙打掃的幫傭婦人，實在於心不忍。

「連先生，謝謝你收留的好意，但是我得回到工作崗位……」

「矮子，這裡我說了算！」連海聲專制地否絕客人假釋。目前店長趴跪在四十二吋液晶電視前，鳳眼緊盯著畫面中從司法院出場的人物，雙手捧著從架子搬來的旋鈕電話，脖子夾著話筒，用他動聽的美聲叨叨不休地命令著：「轉過去！不要再拍另一家的女記者！我要的是裡面的人，不是短裙大腿！把鏡頭對準那個藍格子領帶的傢伙，還有髮油亮得快禿的那個！那個妝畫得像出殯的行政助理也要！對，拉近，很好！」

嚴清風就這麼聽著連海聲污辱他熟悉的同事們，還得目不斜視單薄睡衣下展露的完美臀形，一個大男人屁股長得那麼翹也眞是難得。

實況轉播結束，回到主播台來，連海聲也掛上話筒，懶洋洋地坐回一塵不染的木造地板。

「我說你呀，活了一把年紀，總會弄點什麼吧？廚房轉角右轉，自己想辦法。」連海聲重新抱起腳邊的白絨枕頭，光著腳丫走向一旁的臥房。

嚴清風傷透腦筋：「那連先生你呢？」

「老頭，我的事你管不著！」連海聲擺明要倒回床上睡回籠覺。

「我覺得到十一點才清醒，不到一點又午睡實在不太健康。」嚴大叔義正辭嚴地表示，他有種連海聲只是懶得吃飯的感覺。「一個年輕人可以積極地發揮他的才能，而不是把寶貴光陰隨便睡掉。」

聽了做客不到一天就擺起架子嘮叨的老人家的雞婆規勸，連海聲回眸一笑，那囂張的笑容連宦海浮沉十餘載的政客都自嘆不如。

「老子想幹嘛就幹嘛，你咬我啊？」

嚴清風沉下臉，短手臂向店長招了招。

「海聲，過來，我跟你談談。」

——世相，過來。

好比以往每次開庭完，不論站在對方那邊的嚴檢察官在法庭如何被他技巧性人身攻擊，事後仍是平靜地把他叫去談話，把他這個零敗訴的天才律師當作迷途的青少年，妄想導正他的人生價值觀。

那女人和林和家都說，嚴大叔眞是個好人。

他不相信人，只相信人性，嚴清風能久居法界大老的位置，怎麼可能像他名字一樣清如風，八成和白領一樣，是高明僞善者。可是時間一久，交手的次數多了，他也不得不承認，世上眞有慣例外的奇葩，嚴清風就是一個。

大禮堂爆炸案案發七日內，法院便以人爲疏失結案，將血淋淋的謀殺案定調爲意外事故，想要消弭社會恐慌。當高官們以爲已粉飾太平，和他沒有交情只有過節的嚴清風，竟出面請他擔任檢察總長的學生提出非常上訴，親自承接這個大案子。

所以他才會選擇以全新的身分回來，循法律途徑遊走在政商兩界搜證，而不是泯滅心神，毀了這個國家和人民，與兇手們同歸於盡。

這人如果死了，也等同掐滅他最後一抹爲人的希望。

「海聲，你還好嗎？抱歉我太武斷，你是不是身體不舒服？」嚴清風見連海聲神色複雜，望著他好一會，忍不住關切。

連海聲清醒過來，神色一變，長指往嚴清風高傲比下。

「死老頭子做客沒一天就想對我擺架子，我是你生養的犢子嗎？啊啊，抱歉，我忘了你的妻子和小孩已經移居，就剩你一個老人孤苦伶仃，沒人愛、沒人可愛，所以移情到我這裡來嗎？」

「我還沒說你一句，你怎麼就應我那麼多話？海聲，我知道你是聰明人，但你要反過來想想，逞口舌之快，耍嘴皮子能夠服人嗎？人生活在群體社會，要有愛與包容心，仗著優勢去輕賤他人，只會惹來怨憎。」

嚴清風身為法官，言語是他裁量的工具，回應的速度和分量，足以和靠嘴巴宰殺人的連大律師一較高下。

「偽善！」

「是你太過憤世嫉俗。」

「小矮人，回去森林找你的同伴說教吧！」

嚴清風一怔，因為曾經也有個男人睨著一藍一黑的漂亮眸子，這麼取笑他的身高——哈哈哈，原來是法官大人來了，我還以為是哪來的老妖精。

嚴清風在司法界工作多年，看遍社會黑暗，嫉惡如仇，但對於那個惡名昭彰的男子就是氣不起來，在他眼中就像長不大的孩子。

「不知道為什麼，看到你，就想起延世相。」嚴清風提起那名字，沒有一絲心虛和惶恐，只有對那人英年早逝的遺憾。

連海聲心頭一跳，但臉上還是波瀾不驚。

「我要喝水。」

嚴清風不知話題怎突然跳到這來，但看連海聲垂著漂亮的長睫毛，又很難認眞跟他計較。

「喉嚨乾。」

「哦！」大叔趕緊去廚房倒水過來，頂替店員日常被使喚的位子。

連海聲不知道嚴清風遭人意圖謀害與他的案子有無關係，反正把這個餌食放進箱中，心頭有鬼的人會自動來取，到時他就能談一筆好買賣了。

「老闆，回來了。」

清脆的鈴響還未停歇，琉璃大門也還沒完全關上，店長還來不及拉高音開罵，放學回來的小店員就旋風般沒入後方空間，後面立刻傳來類似警方地毯搜索的碰撞雜音。

沒多久，制式的黑西裝褲穿了一半，上衣白襯衫脫了一半的男孩子，從店面與住屋交界的門簾探出頭來，那雙貓一般的橄欖圓黑眼珠，直直盯著連海聲瞧，店長也冷冷地望著興奮異常的笨蛋。

「老闆。」吳以文比著小小圓圓的的手勢，連海聲希望他的想法跟這個不太跟人類有交集的服務生沒有交集，可偏偏他看得懂。

「在廚房！」

於是一眨眼，吳以文來到屬於他柴米油鹽的小世界，白色壁磚的廚房裡有個矮小的白髮男人正挽起袖子洗砧板菜刀，著手準備今晚的菜餚。

「啊，你回來了。等一下，我想再半小時就可以把這些菜熱完。」大叔親切地說，他圓圓的臉笑起來有兩個小酒窩。

「那是老闆的剩菜。」吳以文走過去拿紙巾擦乾大叔平時只拿筆的十根短指頭，然後把人從流理台一路推到廚房出口。

嚴清風不明白這個不笑也不皺眉的孩子爲什麼把他趕出去，小眼睛眨了又眨。

「這是工作，坐在老闆那邊就好。」吳以文從冰箱拿出一盤豐盛的水果拼盤，交到大叔手上當點心。「有什麼不能吃？」

「牙齒不太行，其他都可以。」嚴清風認眞盯著盤中組合成向日葵的水果，眞是神乎其技啊！

吳以文憑藉身高優勢，摸摸嚴清風的白髮：「乖，眞是健康的大叔。」

嚴清風才來不到一天，就覺得自己被馴養了。

不到一小時，吳以文端著龍鳳托盤出來，裡頭擺滿一雞三吃、一魚五吃，還有翠綠的青蔬，而他出菜卻不上菜，在櫃台旁直挺挺端著托盤。

「你是想活活餓死我啊？發什麼怔！」連海聲有氣無力地叫囂道，吳以文照樣板著他的死人臉。

「老闆，又沒吃午餐。」小店員把香味四溢的豪華晚膳舉到連海聲坐著搶不到的高度。「放進微波爐，按三分鐘……」

「喔，會煮點米就自以爲了不起嘛，竟敢反抗起你主子來了！」連海聲偏頭一笑，那副艷麗至極的笑容即是火氣爆發到頂點的徵兆。「倒掉，我不屑吃。」

「老闆，都是我不好。」服務生立刻彎腰把伙食雙手奉上。

已經把自己餓了一整天的店長，立刻挾起去骨的雞腿，大口大口嚼著。

「老闆，不要以爲藥要飯後吃就不吃飯，做人不要怕苦。」吳以文拿他下半輩子當賭注，再努力勸說一句。

「對啊，年輕人不要怕吃苦。」嚴清風善意地插嘴，滿嘴都是鮮滿的魚肉。

「風風，不要跟老闆頂嘴，老闆肚量很小，奈米級的。」吳以文很擔心暫住的房客，一個養起來溫馴的毛線球。

「連先生，年輕人得放開心胸……」嚴清風頓了下，不禁拈起額前比平頭稍長一些的白髮。「風風？」

吳以文又到後面捧了黑瓷窯的碗盆出來，放到嚴清風處，附上兒童湯匙和小叉子。

「魚肉拌飯，吃。」

「我想你還是沒搞清楚司法院長和家畜的差別。」連海聲稍微停下筷子，塡飽肚子後，脾氣也沒那麼差了，而且有幹勁提腳去踹吳以文的屁股。「丟人現眼！」

嚴清風吃得好盡興，再胖個十來斤也無所謂，只是吳以文除了端盤子和收盤子，都不坐下來一起用餐。

嚴清風不顧店長白眼，端著貓食盆過去找小朋友。他本來想招呼一聲，卻不由得佇足在廚房門口，終於知道角落的窗台下爲什麼會有把椅子。

男孩就坐在窗前，托著一碗白飯，有一口沒一口地嚼著，發呆似乎才是他的主菜。世上的確有沒飯吃或是吃不飽的人，但是剛才端給連海聲的晚餐實在太豐盛，鼻梢還記得那些大魚大肉漫上的熱氣。大法官心頭有股衝動，希望店長被雷劈。

「我是一隻獅子，吼、吼、吼……」吳以文專心對著窗口的鐵條說話，因爲聲音單調表情僵硬，身後大叔完全猜不出劇本台詞這類的聯想。「桃樂絲，我是一頭需要妳憐愛的小獅子……風風？」

嚴清風露出長者的慈笑：「小文，怎麼一個人在這裡？」

吳以文捧起缺角的瓷碗，示意他有吃。嚴清風看清楚碗裡的東西，一口老氣差點呼不出來——店員碗中只有攪在一塊的冷菜剩飯。

「爲什麼不來前頭和我們一道吃？」

吳以文搖搖頭，他不說明，任憑明斷是非的青天大法官也無從了解店員的苦衷。

「小文，如果你心裡有事沒法告訴海聲，就跟大叔說吧！」

「能養到風風，眞是太好了。」吳以文低著頭，隱約嘆息一聲，「可我不是隻好貓，髒髒的不可以上餐桌。」

嚴清風盡自己最大的能耐，還是無法理解吳以文的意思，男孩的表現不禁讓他想起自家保鑣，看他們把一點溫柔當成莫大恩寵，他就心裡難受，不敢想像他們過去遭遇了什麼。

「算了吧，我至今還沒看過他打破自己無聊的原則。」連海聲的嗓音從門邊翩翩傳來，略微垂下的長睫清楚映著亮起一室的燈光。

「老闆，什麼事？」店員已經回到待機狀態。

「去把那些吃剩的清乾淨。」連海聲一根指頭擺過去，吳以文立刻前往鬧空城的店面收拾餐盤。「矮子，看什麼？就是你！明天可以去上班，恭喜了。」

「連先生，我想我們可以先來討論青少年福利法。」嚴清風正色說道。

連海聲故意扯開嗓門：「那個慢呑呑的傢伙，十秒內不過來，晚上就去外面看門！」

吳以文三秒後出現了，手中多了七、八個裝著冷菜羹的天價瓷盤。

「文文，明天送嚴大人去法院，被人包圍要記得閃、子彈過來要記得閃、刀子過來要記得閃、要是不小心他死了要記得把鑰匙拿回來，活著還是比工作重要。」連海聲理所當然替人盤算身家性命，鳳眼都笑瞇得只剩條縫。

「沒必要讓這孩子涉險，再說項鍊的事我從沒答應過。」嚴清風皺眉說道。

連海聲當沒聽見，逕自說下去：「回來再把他丟去世妍那裡，反正她男人多，熱鬧。」

吳以文失手把碗盤摔進水槽：「老闆，才養兩天，還不到試用期！」

「試用個頭啦！要是被那些蒼蠅媒體追到這裡來，我清閒的日子就泡湯了，還不如多送給他們一個話題，大法官和小魔女。」連海聲嘴角勾得很高，十足惡魔的笑容。

「老闆不要送走風風！」吳以文著急地橫擋在嚴清風身前。

「小文！」大叔和小朋友難分難捨地抱在一塊。才一天就建立起至死不渝的情誼，讓店長非常火大。

「去學校都在幹嘛？演話劇嗎！」連海聲氣得大吼。

翌日，古董店眾人都起了個大早，迎接清晨的陽光。

連海聲在櫃台散著長髮，恍惚啃著幾萬年沒吃過的早點，而房客已精神煥發地提著公事包，整裝待發，就要回到崗位上去。

那個笨蛋跑去哪了？在連海聲沒清醒的印象中，吳以文早弄好他那兩個飯桶朋友的垃圾食物，然後不見人影長達十分鐘。

吳以文從門口跑進來，停在紅木桌前，身上還沾著特殊的氣味，像是汽油味……連海聲盯著小店員撲克表情下快可以轉圈圈的興奮，哼了一聲。

「想幹嘛？」

「老闆，鑰匙。」吳以文恭敬地伸出一雙掌心，彎腰四十五度。

「給我個理由。」

「快遲到了。」店員嚴肅說道，事態嚴重。

連海聲拉開櫃台右下方倒數第二個抽屜的夾層，拎起一串胖嘟嘟的貓咪鑰匙圈，扔到吳以文面前。

「被抓到就不要回來。」

嚴清風看著門外那部一色到底的銀亮重型機車，直覺該請店長幫他打電話叫計程車就好，可是不知不覺間，他已被換上學生制服的小店員架上後車座，安全帽也替他戴牢了。

吳以文繫好特製黑皮革手套，俐落跨上車身，一氣呵成的架勢實在令大叔非常不安。

連海聲攬著中國結毛線披肩，懶洋洋地站在店門口送行。

「不要叫，會咬斷舌頭。」店長發出惡魔的勸告。

「什麼？……啊啊啊！」大叔還沒抓穩，時速計已經刷破百里。

「小銀一號載著風風出去玩～下次換老闆～」

音樂老師可是誇過吳同學音感絕佳，街角一個俐落的甩尾，一向寡言的騎士唱出愉悅的歌聲。

嚴清風深刻體會到生命的可貴，能活著真是太美妙了，行道樹的氣息多麼芬芳，小麻雀兒吱喳叫著真是可愛，過往記憶片段如跑馬燈，在疾速的風聲裡播了十來次。

每次每位親愛的乘客下車後都表現出對地球的感激涕零，看大家那麼高興搭乘小銀一號，吳以文覺得與有榮焉。

他們來到位於都市北方的中央機關行政區，放眼望去，消息引爆的第二天，正是新聞媒體最瘋狂的時刻，羅馬式建築前人滿爲患。

嚴清風忍不住皺起眉頭，以往引發新聞風波時，他的年輕保鑣總是笑著說要把他扔過圍牆。可是人不在了，能順從他的堅持排開一切嘈雜，讓他從正門紅毯走進法院殿堂的人生死未卜。

吳以文的五指在大叔面前晃啊晃，才讓嚴清風回過神來。嚴清風認識這個孩子僅短短數日，但要猜出對方的單純心思並不是須要傷腦筋的事。

「風風，牽手。」

嚴清風不禁感嘆道，這孩子怎麼可以傻得比自己五歲大的外孫女還要惹人憐愛？

嚴大法官就這麼糊里糊塗地伸出他的小短手，吳以文握牢了，溫柔地勒住人家的手腕——接著大叔跟著小朋友狂奔的腳步，殺進記者堆裡。

經過一連串的悶哼和慘叫，嚴清風還沒整理出來龍去脈，已經被一雙手推上安全的台階。下面昏的昏、傷的傷，但也不忘將攝影機齊齊對準一天不見的法官大人。

嚴清風振了振西裝，神情一直是人們印象中的不苟言笑。

「讓各位擔心了。」渾厚的聲音只交代一句，他便轉身上樓。鏡頭轉播法官大人沉穩背影，無聲撫平人心對社會的惶惶不安。

吳以文在一旁默背先後出現的各位機要人士，放學後回店裡，店長可是要抽考誰和誰的嘴角是勾著笑，還是抿著壓抑的陰鬱。

三、桃樂絲

吳以文早自習姍姍來遲，坐在他後面的楊中和轉了下筆，決定踢同學的椅腳。

「早上新聞轉播，把嚴清風法官帶出現的人究竟是不是你？」楊中和從電視機螢幕捕捉到自家同學身影的剎那，差點把口中飯菜噴出來。

「班長，你說得對，風風眞是一隻不可多得的好貓。」吳以文轉過身來，手指在楊中和桌面上畫了兩片三角形耳朵。

「拜託，請用人類使用的語言回答我。」

「我可以幫班長要簽名。」

「眞的嗎？」楊中和先是高興一陣，轉念一想，他同學不就間接承認嚴清風和他眞有關係？「你那家店又惹上什麼好事？」

「學姊也這麼說。」吳以文想起陰冥抓著長髮號叫的樣子。「班長，這眞的很難形容，只有養過的人才知道，風風的等級跟小和差不多。」

「吳以文，我眞的很佩服你總是能正經八百說蠢話。還有，誰是小和啊？」楊中和哀嘆幾聲，不幸中大幸，亦或是不幸中的不幸，他聽得懂同學的意思。

學校響起緊急廣播，要一等中三位齊名的美少年迅速到校長辦公室報到。

楊中和在心中默數十秒，時間到，十三班教室前後門被同時推開，林律人和童明夜開心地來接他們家的小貓咪親赴校長大人的鴻門宴。

他們深情地小跑步過來，吳以文也專注地望著他們。

「蔥油餅和十塊錢。」小店員的記憶中是這兩個名稱沒錯。

「阿文，你腦子又怎麼了！」童明夜驚恐搖著吳以文的肩膀，「我知道蔥油餅是指小混混時期的我，十塊錢又是什麼！」

林律人推開童明夜，補位向前，摟住吳以文的胸膛。

「以文，我是你最親密的好朋友啊，我們不是發誓說要一生一世在一起，不離不棄的嗎？」

「阿人，不要趁機僞造記憶，阿文最愛的人明明是我。而且你快告訴我什麼是十塊錢？爲什麼會是十塊錢？到底什麼時候會變成十塊錢？」

「我不知道！」林律人的臉有些猙獰，不願多談黑歷史，讓童明夜更好奇了。

「總之啊，文文寶貝，現在我們三個已經是超好的朋友了，演演話劇，逛逛夜市，就像錫鐵人和小獅子那樣感情深厚。」童明夜搭著吳以文的右肩，兩人一起望向窗外明媚的春光。

「是像稻草人和小獅子一樣恩愛情重。」林律人搶過吳以文的左肩，靠在上面感受一下新婚夫妻的甜蜜。

「阿人，從你嘴巴說出來就有一股歪掉的味道，還有你這個編劇把稻草人的戲分編得太重了啦，主角明明是桃樂絲。」

「怎樣？我高興。」林律人昂起下巴，童明夜微笑表示「算你狠」。

兩人已經習慣吳以文三不五時秀逗的腦子，不覺得他奇怪，反而會在他故障的時候不惜蹺課也要陪在他身邊。他們看向一旁不知所措的楊中和，興起一股朋友才有的優越感。

「以文，這個人是誰？」林律人皮笑肉不笑。

「是班長，小和，對我很好。」吳以文竟然完全沒有認錯。

面對林律人凌遲的目光，楊中和心想，自己總有一天一定會被他同學給害死。

校長大人坐在眞皮辦公椅上，神情肅穆地掃視一等中三大校園偶像。如果要他用良心去評量，他會用食指說不不不，才不只一所小高中而已，這些軟綿綿的孩子們應該是國家等級，足以出國比賽的三位小精靈才對！

「我眞的不願意，你們能了解我心裡的悲痛嗎？爲什麼教育部要發公文下來呢？爲什麼偏偏是那天，開會地點又離得那麼遠，老天無眼，我的桃樂絲啊！」校長大人趴在桌上痛哭。

「眞是令人遺憾。」林律人適當地表現出他的同情，笑得比平常還開心許多。

「沒關係啦，反正校長大人的心會與我們同在！」童明夜了解了，他們的女主角惡夢終於解除危機。

「戲服快做好了……」語未畢，吳以文被好友一左一右捂起嘴來。

「眞的嗎？那我還是……」校長的心都飛到可愛的蓬蓬裙上。

「校長大人，實不相瞞，有位柔弱的女孩，不停懇求桃樂絲的角色，甚至以死相逼。但我們爲了校長大人，寧願上社會版頭條也不讓步。」童明夜隨口胡謅這麼多話，都是不想面對中年大叔露腿毛所激發出來的潛力！

林律人咬著下唇，痛下他的抉擇：「是的，眞是位令人憐愛的女孩。」

就在此刻，門外響起敲門聲，有個美少女應他們的祈願登場：「校長，不好意思，打擾了。」

聲音甜美，黑襪長腿有著美麗的線條，胸腰臀比例傲人，眼角笑起來彎彎的，瓜子臉，柔亮的長髮束成馬尾，劉海落在細秀的眉上。來者是十二班丁擎天小姐，綽號「甜甜」，校花之名，實至名歸。

女孩抬起臉蛋，不由得一怔。這是正常反應，被三個各有千秋的男孩子注視著，沒感覺很可能是童年時期出了什麼意外導致幼小心靈無法成長爲少女情懷。

「就是她了！」眞是恭喜老爺賀喜夫人，童明夜還想萬一進來的是他們體育班的猩毛毛人該怎麼辦才好。

「希望我們合作愉快。」林律人溫和地笑著，基於利弊權衡的結果。

「請問，發生什麼事嗎？」美少女看向不發一語的吳以文。

吳以文被林律人往後拉，童明夜只好向前握住校花的手。

「恭喜妳成為我們小喵喵話劇團的女主角。」

丁擎天怔怔地睜大杏眸，無法理解只是來請校長蓋個章，卻遇上這麼戲劇化的發展。

「可是我完全不會演戲。」丁擎天遺憾表示。這種天上掉下來的機會，要是換成一等中其他女孩子，死也要進去小喵喵話劇團和三名當家小生遊戲人間。

——即使她暗戀的人就在他們之中。

「桃樂絲。」那道缺乏起伏的好聽聲音這麼喚著，丁擎天對上吳以文深邃的眼瞳。

「不要哭。妳的淚水讓藍月化成寂寥的灰色。請相信我，獅子和貓有著千年的羈絆，所以，妳一定能夠回到坎薩斯星球……」

吳以文唸著對白，丁擎天傻笑看著，然後驚醒。

「可愛的小姐，能跟他演對手戲喔，真的不考慮一下？」童明夜自動牽起校花白皙的手心，進行人道誘拐。

「但是不能發生任何肢體接觸。」林律人微笑，事先警告一聲。

「如果不行，還有校長補位喔！」校長大人插話進來，童明夜和林律人流下冷汗，拜託不要！

「我有舞台恐懼症、鎂光燈恐懼症，但如果我幫得上忙，我……」丁擎天低頭轉了轉皮鞋尖。

「桃樂絲，無論生老病死，我都會守護在妳身邊。」吳以文練習到目前的進度。

丁擎天款款望著吳同學，林律人眉頭皺了好大一下。

「嗯，我答應。」

此起彼落的碰撞聲響，在櫃台隨意擺放的棋盤上展開。

飛過一枚炮彈，宰殺最後守城的馬匹。棋盤對面的老者，笑起一臉歲月的痕跡，等著從此人手中拿下輝煌的勝利。

連海聲打著哈欠，纖纖長指輕按黑車的圓弧，懶洋洋地一路推向紅帥兩格之前的交叉點。老人的笑容頓時僵在滿是皺紋的老臉上。

「將軍。」連海聲意興闌珊地喊了一聲，端起瓷杯喝口茶潤喉。

老人嘆著氣，不甘願地收拾帶來的珍藏象棋組。

「你還是喜歡走險棋。」

「做人要懂得踐踏同伴的屍體。」連海聲微微一笑，順手把披散在肩頭的青絲向後撥去。

「自己的瘡自己爛就好，你最好別教壞囡仔大小，會報應在自己身上。」老人環視著清寧的小店，連後頭都很安靜。「小朋友不在，我的芋粿巧都吃不到。」老人家很哀怨。

「總是有你這種人把這裡當茶坊，你們白吃白喝，有給過我半毛錢嗎？」連海聲哼斥一聲，從櫃子拿出舊木盒。「館長，看一下。」

「這是什麼口氣？都不懂得敬老尊賢。」老人碎碎唸著，兩隻手還是伸過去，對木盒摸了摸、敲了敲。「做工很精緻，沒鑰匙就沒辦法。」

「快到手了，只是讓你確認我的推論。」連海聲的表情像是叫對方幫忙是他的大恩大德。

「唔，雍正年間最流行的花樣。那時候也是臺員最繁盛的時候，有錢人都喜歡搞點小東西。」老人端起木盒，發出嘖嘖讚歎。「底下還刻了『嚴』字啊……我只知道一個整天掛著鑰匙的同姓老傢伙。」

連海聲笑個不停，這寶貝眞是命中註定落在他手上。

「唉，我得去開該死的保存文物會議。」老者抬起金錶，眼中無限惆悵，他總是等不到服務生放學回來的飯菜。「對了，小子，你有無教過那個小朋友棋藝？」

連海聲托著下頷，回想往昔時光，唇角撇過一邊。

「沒幾次，幹嘛？要他當社工陪老頭子玩可是鐘點起跳！」

「小朋友上個禮拜六帶著一籃芋粿來找我，請我這個溫柔慈祥的伯伯修鐘。啾啾被打中一槍，他好難過。」老人家就是廢話很多，連海聲聽起來都沒重點。「看他那麼有誠意，我就說贏我一局，什麼都好說。」

「輸了？」老頭的年紀就算砍一半，也有三十多年的棋技，店長對店員的笨腦袋總是不抱期望。

「贏了。四十二場，邊學邊下。後來讓他一車一馬一炮，他就突然來你剛才那一手，我也只好認了。我很辛苦地上了發條，再給啾啾貼片OK繃，小朋友一直和我說謝謝。」老者語氣遺憾非常，不過他那個下午眞是玩的超開心。

「到底什麼是啾啾啊？」店長終於忍不住問了。

老人比向櫃台後方正巧探出頭來報時的咕咕鳥，是小店員五年來的伙伴之一，曾經表示即使再餓，也不會拿啾啾去燉湯。

連海聲臉色很難看，他不知道店員那顆專門裝著小毛球（貓、貓、貓）的腦袋已經出名到文化界去。

「伯伯雖然和小朋友相處時間不長，但把話套一套就知道你實在很不關心他，這樣不行啊，海聲。」

「這種語重心長的口氣是什麼意思？我和你很熟嗎？少擺出長輩的架子。」連海聲既然已經把人家利用完畢，就沒有再讓老頭子待在店裡囉嗦自己的道理。

「哪天他背著你在外頭交上七、八個女朋友，就甭悔不當初。」

「算了吧，憑他那張嘴，騙得到什麼渣？」

至於吳以文怎麼交到小少爺和小混混當換帖的好朋友，一直是連海聲不解的謎團，問本人也只會被不知所云的答案氣得血壓上升。

「是嗎？聽說小朋友在學校很受歡迎吶，拿了好多獎狀，這一區所有國中、高中職的女孩子都認識他，爲之瘋狂啊！看你一臉懷疑就知道你什麼都不知道，哼哼！」

連海聲心想，他店裡的笨蛋一放學就往店裡衝，老圍著他轉，怎麼可能？

但店長又轉念一想，他因爲工作老是不在古董店，期間店員幹了什麼好事，他心裡實在沒有一個底。另一方面，吳以文好像和他說過幾次怎麼和天海幫聯的孫千金搭上關係，以及學姊對他很好之類的肺腑之言，但他都沒放在心上。

「那些小女生眼光也眞不錯，你家的小朋友是個重感情的人，想追就趁早。有你加持，再加上那個傳言，他以後不是龍就是鳳，不可限量。」

「什麼傳言？」連海聲扶著額際，想到的都是吳以文痴呆的表情。

「你家小朋友不就是延世相的私生子？」

連海聲一時沒有應聲，老人忍不住擊掌，中啦！

「誰說的？林和家那個白痴？」

「人家好好一個青年才俊也被你損成這樣。是他說的、不是他說的又如何？大家可是猜得風風火火。」

「是沒如何，我只會殺了他而已。」連海聲拿起話筒的時候，也就是南洋某位林姓男子的死期。

晚飯時分，古董店外頭急煞一聲，差點衝進大紅色法拉利跑車；跑車裡走下穿著清涼的搶眼美女，僅套著一件小可愛和逼近內褲的牛仔短褲，大步走近溫暖的小店。

「海聲哥，人家快餓死了！給我一個塡飽空虛心靈的小男生吧！」延世妍挺起豐滿雙峰，就要餓狼撲羊。

連海聲拿起拖鞋，直接朝這個白痴女人扔過去。

「世妍好。」吳以文朝政界快被舉發下台的財政部長行禮。

「好好好，以文，快點長大吧！」延世妍發出一長串垂涎的笑聲，眞是個指日可待的孩子。

「再十個字妳就可以滾了。」連海聲把站在那裡給人意淫的小朋友揮斥進去，親自出來強迫送客。

「討厭，人家可是爲了公事來的！」延世妍伸出纖指轉著連海聲的長髮，被店長用力打手。

「負兩個字。」店長沒吃飽時，閒雜人等不要煩他。

「別這樣啦，我只是想問你知不知道嚴清風的下落……」延世妍頓住，看向櫃台，揉揉電人的雙眸，那個窩在貓食盆前吃個不停的毛線球，還眞是眼熟。「呃，海聲哥，是他嗎？」

「喂，有人找你，法官大人。」

「我來了！」嚴清風跳下高椅跑來，看見延世妍大美女，瞬間驚聲尖叫，隨即轉身逃到廚房找小店員避難。

「什麼嘛！把我當煞星一樣！」延世妍跺了下高跟鞋，順利確定眞品在古董小店裡。這個消息放出去，相信今晚會有好一批人睡不著覺。

「妳竟然飢不擇食成這樣。」連海聲對嚴清風逃竄的背影竊笑兩聲。

「才沒有，人家只是出價要買他的帥哥保鑣，他死都不給人家，我只好打國際電話跟他老婆和兒媳婦拜年！」延世妍露出禍水的笑容，爲求帥哥，毀人家庭在所不惜。

「妳知道那個保鑣的來歷嗎？」連海聲低眉看了下指甲。

延世妍勾起唇角，她什麼都不會，但對好看的男人就是一清二楚。

「他叫夏節。五年前嚴清風查阿相哥哥的案子，大家都說是黑道火拚，但他卻沒有冤枉任何一個黑社會，黑社會就合力送了個年輕人給他……唉，怎麼就沒有人送男人給我呢？」

「這也敢收？他是白痴嗎？」連海聲皺起眉，嚴清風向來一介不取，怎麼發神經收了個註定背叛他的臥底。

「海聲哥，你不知道阿相哥哥的死對高層打擊有多大？人人自危，怕成爲下一個目標，保鑣在那時候可是相當實用的禮物。而且夏節是個氣質很乾淨的男人，身手又好，笑起來就像夏天盛開的向日葵，十足討人喜歡，這幾年跟嚴清風形影不離。」

「少說廢話。」

「我只是想誇誇人生遇到的十大美男子之一嘛，不過最帥的還是我哥哥喔！」延世妍眨了下右眼，連海聲就算聽了心裡很爽，表面還是不動聲色。「他是慶中的少主，而九聯十八幫之中，慶中是參與爆炸案嫌疑最大的幫派。」

「什麼嫌疑最大？根本就是。」連海聲啐了一聲。

「可是慶中去年因爲綁架林家三公子而得罪林家，被警方大力掃蕩，現在已經名存實亡。」

這個店長倒是清楚得很，黑道去綁架林家死小孩就去綁架，隨便做成絞肉什麼的都好，但那些傢伙竟然把店員捲進事端，不死不行。事後他爲清剿那群垃圾出了三分力，也痛扁了吳以文一頓。

「小妍，所謂狗急跳牆，慶中本來就是以不擇手段聞名的黑道，只要有好處，他們什麼都幹得出來。對黑白兩道敬重的青天法官，也只有他們會接下暗殺的工作。」

「可是嚴叔對夏節很好，待他就像親兒子。」

「哼，這世上除了自己，沒有人可以相信。」連海聲對於人人琅琅上口的恩情義理看得比乞丐還賤。

延世妍怯怯看著連海聲，連海聲嘖了聲，才收起冷情的態度。

「我哥哥他……」

「不要整天妳哥哥東、妳哥哥西，他都死得骨頭爛了，妳還是得過好自己的人生。妳那個老家重面子，玩男人收斂一點，都三十歲的人了，不能再這麼野放下去。」

延世妍笑了笑，伸手攢住連海聲的十指，像個小女兒家撒嬌起來。

「我不想嫁給家裡選的夫婿嘛，把自己名聲搞臭點才能讓對方死心。」

連海聲長指一連戳弄延世妍額頭三下，用痛楚讓她反省自身淫亂的社交關係，一方面他比誰都清楚明白那個家不會輕易放過可以利用的兒女。

「那個林和堂呢？」

「哼，誰理他！」

延世妍要是不在意她的頭號追求者，就不會擺出生氣的姿態。連海聲瞇起鳳眸，又用手指攻擊延世妍脆弱的額頭，似乎眞想戳破那顆腦袋，看看裡頭到底有沒有裝腦子。

「我說過，林家的，不可以！」

「哎喲，聽說林家的男性被詛咒一輩子只能愛上一個人，很讓人心動嘛！」延世妍想解釋她坐二望三、朝三暮四的行爲，果不其然被連海聲教訓得更慘。

連海聲回去櫃台摸索，延世妍還以爲古董店店長會拿一些搜刮來的小東西送她，但她實際上卻拿到明年度的財政計畫書。

「照著做，保證妳摸魚三年都沒人敢拉妳下台。」

延世妍含淚收下，這份光是看明白就要不吃不睡兩個月的大禮她不敢不拿。

連海聲對大美女揮揮手，叫她快點回家上床睡覺，把她當小孩子教訓著。延世妍有些不安地往嚴清風所在的內室望去，她多少察覺到這間店接下多大的燙手山芋。

「海聲哥，我覺得黑社會的事情不要管，他們都蠻不講理。」延世妍對黑道的感覺始終離不開殺手、火拚和那場爆炸。

「眼界放寬點，哪個大老闆會挑客人的？」連海聲用指頭壓下延世妍擔心的額頭，在她看不見的角度，微微一笑。「他們不講理，但是講『義氣』，尤其是老大們爲了方便統治的虛妄道義。現在有個現成的便宜可撿，我才不會白白放過。」

他要藉這次機會讓那些黑道大老，重新欠他一個「恩情」。

四、天海幫聯・上

星期六下午，陰宅——

斗室裡，少女敲著小几上的筆記型電腦，少年輕靠著少女，手指翻著書頁。

少女把身子往右偏去，少年也跟著靠上來；少女快速移回左邊，少年頭也沒回就讓兩人恢復背貼背的姿勢。少女怒了，用力往後撞去，少年則「輕輕」撞回去，讓少女美麗又陰沉的臉孔撲到鍵盤上。

「啊！你爬二樓陽台進來到底是要幹嘛啦！」陰冥抓著光學滑鼠站起來，對著失去支撐物而倒在地板的清秀少年淒厲大吼。

少年垂著半乾的黑色髮絲，低眸不語。雨水打濕的襯衫牛仔褲還掛在陽台上頭，身上暫時套上和少女同款連身小白裙，裡面沒穿。

「可能見不到學姊了，來說再見。」吳以文慢條斯理地坐起身，把閱畢的筆記收好。

「這是你第十三次訣別。」陰冥完全不想認真看待這件事。

「學姊。」吳以文抬起目光，呼喚陰冥的垂憐。

「又被罵了？」少於此答案的機率少之又少。

「最近老闆常常想掐死我。」吳以文語帶沮喪地說。

「說太多蠢話。」陰冥想也沒想地回。

「……沒有。」

「明明就是。」

陰冥扶著大腿兩側的裙襬，重新坐回瀏覽資訊的最佳位置。感覺像瀕死小動物的傢伙還窩在她身邊。她按了幾下左鍵，轉了幾圈滾輪，最後放棄了，旁邊的憂鬱電波實在太強大了，不得不放下對顯示器的注意，轉向闖空門進來、行爲已構成犯罪的學弟。

吳以文望著天花板，彷彿自己是不存在的大氣分子。

「你現在比較像普通人一點，用眼睛就知道你心情不好。」陰冥跪坐在他眼前，即使只是個不經意的挪步，都深具大家閨秀的風範。

冷空氣從落地窗襲來，吳以文緩緩靠向房間唯一的熱源。

「梅雨季到了。」小店員有氣無力地回應。

陰冥身上的怨氣急速竄升：「你以爲你是貓嗎！」

「濕答答的，快死掉了……」吳以文瞇著眼，發出不明的囈語。

陰冥努力壓下拿電腦和少年同歸於盡的衝動，拔下頭上一枚做工精細的髮夾，動手撈起吳以文額前略長的劉海，指尖撫著他的臉龐，俐落地側夾起來。

「好了，這樣不會扎到眼睛了。」

「學姊，學姊的肉墊……軟綿綿的……」應該是很舒服的意思。

「夠了，不要擅自把我扯進你的種族。」

「學姊，叫『夏節』的男人，二十四至二十七，受過一定武術訓練，眞名不詳，出身不詳。」

「他是『慶中』那邊的義子，說是義子，等同幫主養大的狗，忠心耿耿。」陰冥解答後，又回到高科技產物的懷抱。

「還有『天海』幫主的行程和他度假別墅的地圖，老闆要我過去代表談判。」

吳以文說完，陰冥明顯停下手邊動作，死氣沉沉的表情閃過複雜神色。

「你們那家店，事業也做太大了吧！」

「學姊，不是故意要去剿掉學姊的老巢。」

「你不用跟我解釋，反正只要你動到我家人，我不會原諒你。」

吳以文垂下頭，強烈散發出被遺棄的電波，陰冥正想叫他滾遠點，前科累累的少年瞬間撲向她的大腿。

「你是發情期到了嗎！」陰冥尖叫，怎麼推也推不開。

吳以文安心地靠在陰冥身上，沒有另外的動作，尚未意識到男女之別。

「滾開！我的忍耐可是有限度的！」陰冥的聲音帶點扭曲的破音，她可是很清楚地感受到只隔一層薄布料的異性身體在她胸前亂蹭，要不是知道他失智，早就叫人把他剁成十八塊，扔去太平洋餵魚。

「我喜歡學姊。」吳以文努力咬字表達眼前的心境。

陰冥看著吳以文，眼神混著一絲難言的痛苦，她從以前就打算避世而居，並不想和任何人談感情。

「妳不會把我丟下來，文文很照顧我，但還是和雷神回到天上去了。學姊心地很好，以前髒髒的對我很好，以後也會一直對我很好。我不貪心，二十四隻就可以了。」

先略去「二十四」這個莫名的數字，陰冥將吳以文用力按在她大腿上，揉著那頭柔軟的劉海。他被冷淡對待也不敢抱怨，只會往她這邊跑。

「笨蛋，我說過很多次了，不會有人丟掉你。我媽咪還每天等著你來家裡做客，一起烤小餅乾。」

「老闆和師父也說不會丟掉我。」吳以文往上抬起黑漆的瞳仁，他的經歷和陰冥說的不一樣。

陰冥垂下眼，一時間不知該回覆什麼。她的家庭稱得上美滿安康，母親非常疼愛她，以致於她不能明白隨時會失去居所的不安。

就連古董店店長前陣子找人找到眞相大白，奇蹟似地對店員的感情鬆了口，陰冥看吳以文來她家獻寶一陣、和她分享他有多開心之後，就再也不敢提起。他還是堅定認爲連海聲會留著他，是因爲他能做很多事，是顆有用處的棋子。

「近期，我會擇日拜訪你老闆。」陰冥覺得這樣下去也不是辦法，她的人生深受困擾。

吳以文立刻蹦起身，雙眼閃閃亮亮望著學姊大人。

「我會把店裡的延長線和插座拿出來，歡迎學姊。」以為要下聘了。

「不需要，收回你的誤解。你明天到我外公家別太放肆，知道嗎？」

吳以文認眞點點頭，陰冥只能嘆口長息。

楊中和最近眼皮一直跳，不好的預感。

今天星期日，他到市區補習結束，正要趕回家吃中飯。明天一等中校慶，放假一天，校長把慶祝活動挪到運動會一起舉辦，說是要給小朋友多點休息時間。

楊中和走在路上，感覺後方有機車緩慢逼近。他自從國中被飆車族欺負過，一直對機車引擎聲沒有好印象，不由得加快腳步。

後面的機車竟然也跟著加速，當他拔腿要跑，那台銀白機車一個甩尾到人行道上，攔住他的去路。

機車騎士穿著一身黑皮衣，男性，感覺年紀不大。等駕駛摘下全罩式安全帽，略長的髮梢浮貼在冷峻的臉龐，一雙黑眸直望著他，楊中和雙腿當下發軟，惡夢成眞。

楊中和驚恐萬分地後退，一步兩步，轉身逃命。機車騎士迅速跳下車，三兩下，輕鬆逮到十三班班長。楊中和死命抱緊「小心行人」的交通標誌，淒厲慘叫。

「放過我吧！我是獨子呀！還有爸爸媽媽阿嬤在家裡等我回去吃飯！」再蠢再丟臉也不可以放手，不然楊家就要發生白髮人送黑髮人的悲劇。

「班長，我什麼都沒說。」

「你不要以爲你沒表情我就不知道你在打什麼主意！看到你帶著交通工具來就知道沒好事！」有前車之鑑，只一次，一輩子便刻骨銘心。

「班長，只是想找你去和（在社會暗處活動會拿刀互砍的）大哥喝茶聊天。」吳以文善意地簡述。

「不要！說什麼都不要！」楊中和又不是第一天認識他，「我才不要跟黑社會打交道！」

「班長，難道我們有心電感應？」吳以文微微嘆息，但拔人的力道始終沒有放鬆。

「還眞的是！」圍觀人越來越多，但冷漠的社會沒有人向可憐的男孩伸出援手。

「班長，警察來了，我很麻煩。」吳以文用他要死不活的口氣說道，師父大人今天執勤中。「顱內出血還是放手？」

「什麼什麼出血！你到底想對我怎樣啊！」這個世界充滿險惡的同班同學。「我再也不借你筆記，不跟你說話了！絕交！」

肩上拔河的力道消失，楊中和癱坐下來，眼眶還掛著水滴。吳以文默默蹲在他旁邊。

「拜託你去找你那兩個好朋友！我還想活過下半輩子！」

「賠不起。」一個是林家下任候選家主，一個是第一殺手的寶貝愛子。

「靠，那我是可回收的環保餐具嗎？」

「班長絕對不是環保餐具。」吳以文停格，偏頭思考一下，「應該也不能回收。」

楊中和心中有股莫名的怒火。

「跟嚴清風法官有關。」吳以文輕聲耳語一句，楊中和頓時嚥下喉頭的牢騷。

「我沒聽到我沒聽到……」楊中和摀著耳朵，默唸「好奇心殺死一隻貓」一百遍。

「班長，不會死人。」吳以文保證，起身把天人交戰的楊中和拖向重見天日的愛車。

「先、先讓我打個電話……」十三班班長畢竟太年輕，答應了這一生讓他進棺材都後悔得要命的邀約。

吳以文卻早一步搶走楊中和背包，把人拱上機車後座，以迅雷不及掩耳之勢戴好兩人的貓咪安全帽，按著手把催油到底，半點讓人反悔的機會都沒有，機車直驅上路。

「平安到了再打。」

「你的意思是難道會發生什麼不平安嗎？媽呀，我要下車！」

於是，兩名高中生跟假釋中的重型機車展開了綺麗的斷崖絕壁之旅。

顏色的極致，往往是深不見底的黑；清藍色大海的盡頭，竟是如此幽暗，浪花無情啃噬孤獨的峭壁，疾馳在狂風之中，少年發紅的鼻子伴隨著空氣的鹹味，淚灑東岸太平洋。

「這些人是怎麼回事呀！」楊中和勒緊機車騎士的腰身，發出沙啞的哭喊。

到現在還理不出個頭緒，只知道他們一來到濱海公路，一整群黑抹抹的流氓開始追在他們屁股後面飆車，還亮出留有血漬的鐵棒。

嗚嗚，這幅畫面怎麼那麼熟悉啊？好像一個半月前才經歷過。

「班長，口渴了嗎？」吳以文從安全帽裡傳來令人憤慨的平靜聲音。

「媽的，都什麼時候，你還嫌我吵！」後座的怒罵隨之被勁風帶走，楊中和稍微轉頭，立刻被身後凶惡的殺氣嚇得轉回來。「快一點！他們要追上來了！」

「好。」吳以文誠心實現對方的要求，油門催到頂點。

楊中和想起幼稚園被同學騙去坐海盜船，就這樣一直搖一直搖，到後來老師打電話叫他爸來遊樂園載昏死的他回家。但是這段悲慘的往事，比起此時此刻，根本不算什麼！

「嗚嗚……嗯……」不行，他快吐了。

「班長，放——輕——鬆——」安慰的人正享受海風的吹拂，聽他說話都輕快成這樣。

「嗚嗚，我不想死……哇啊！」

前面轉角山壁突然出現埋伏，一把亮晃晃的西瓜刀毫不留情朝重機駕駛胸前砍去。銀色機車猛然偏向右方，後輪幾乎與地面平行，楊中和感到臉頰就要貼上發燙的柏油路，隨即視野又回到零度水平面。

心悸不止，楊中和完全沒有逃過一劫的慶幸，眼角瞥向後方，刀鋒的凶光竟往他一片空白的雙眼逼來。

「砰！」劇烈的撞擊聲響起，敵方機車高速摔下，不停在地上翻滾著，直到重機加速把他們拋得老遠，楊中和才回過神來鬆口大氣。

楊中和由後側方向前看去，可以看見駕駛人略微噘起的嘴形，以及他那張始終波瀾不驚的撲克臉龐。

「班長，沒事了。」

楊中和連追究他那麼一大頂安全帽飛去哪的力氣都沒有了，安全帽是這樣用來保障安全的嗎？

「班長，要不要唱歌？」

「我告訴你，現在不要惹我。」

「我唱。」

「好，你唱。」楊中和倒是不介意見識一下吳同學音樂課拿九十九分的歌唱實力。

獲得首肯，吳以文便放聲高歌，選了當紅的流行歌曲。歌手和他們一樣只是毛沒長齊的高中生，卻已風靡全亞洲。

「我們～只是在～名叫愛情的路上～忘了方向不願返～心已冷卻～夢想不再～losing～嗚呼嗚～」

吳以文唱到高音處，猛地從機車上站起，朝大海吶喊——

「老闆！要記得吃飯——！」

楊中和沒死在飆車族手上，卻差點被他同學活活嚇死，於是他幹了生平最勇猛的一件事：在高速行駛中的機車上放手，去掐駕駛的脖子。

「海聲，吃飯了，起床啦！」

房門傳來砰砰敲門聲，連海聲從夢中掙扎醒來，慢條斯理地穿戴整齊，攬過長髮，一絲一絲梳理好。在人前，外在表相一定要無懈可擊，那棟大宅子寥寥幾項規矩，他都下意識守著。

店長穿好鞋，漫步到客廳，看著一個白髮小矮人忙進忙出，舀了碗熱呼呼的白飯給他。

「那個笨蛋呢？」連海聲認爲他的服務生不應該從十六歲變成六十歲。

嚴清風聞言，停下動作，不敢置信店長說出這種沒天良的話。

「連先生，他早上就出門了，還有跟你說再見。」嚴清風義憤塡膺提醒健忘的大美人。

連海聲隨即露出了無生趣的寡婦臉，他看桌上蒼松形狀的琉璃紙鎮壓著一張彩色貓咪便條紙，隨手抽起，上頭圖文並茂說明微波爐加熱方法，外加一句「老闆要記得吃飯」。

「唉，下雨了，不知道那孩子有沒有記得帶雨具？」嚴清風向著細雨濛濛的戶外，憂愁地說給無情的店長聽。這種天氣還叫小朋友出去外縣市送貨，簡直禽獸不如。

「管他去死。」連海聲覺得頭有點昏，喉嚨發燙。

「你不能這樣子，你是大人，他是孩子，你有你的職責所在，像是……」嚴清風板起老臉，打算好好教育古董店店長，但看連海聲像枝病梅搖搖欲墜，實在說不了重話。「像是好好吃完這頓飯，是那孩子特別爲你準備的。」

「我不想吃。」店長發出微弱的倦音。

嚴清風的驚訝不是常人想像得來，就像許多爲服務生手藝慕名而來的熟客一樣，覺得吳以文留在這裡實在是暴殄天物。

「連先生，早飯也被你睡掉了，你那個腰有必要減肥嗎？」大叔是老一輩的人，覺得肉一點比較好看。

「少囉嗦……」

嚴清風掏出小店員留下的備忘錄，裡面記有緊急情況一欄——店長倦怠時，通常是發病的前兆。

「連先生，我拿藥和開水過來。」

「不要，少管我，去死吧。」連海聲立刻回絕人家的好意。

「任性！要是那孩子變得跟你一樣該怎麼辦？」嚴清風眞切感受到吳以文平時的辛勞，店長有氣無力和盛氣凌人的時候都很難伺候。

「現在黑道有哪幾個大幫，法官先生？」連海聲挽著長髮，慵懶地坐起身來。

「天海、東聯、西幫、慶中、南丁北丁……怎麼了嗎？」嚴清風意識到這是個專業性的問題。

「你那個擋子彈的是誰送的？」連海聲垂著快闔起的眼簾，似笑非笑。

「丁家沒有介入。」嚴清風只透露這麼一項。

「呵呵，另外三個知道他們掛名的狗會咬主人，一定氣得跳腳。」

「你非得把我的保鑣說得如此不堪嗎？」

把善良大叔激怒後，店長看起來有精神一點，攬過長髮，隨手拿起旁邊的提包和油紙傘，就往店門口走去。

「風風，看店。」連海聲笑咪咪說著邪惡的話。

嚴清風有些疑惑，但還是點頭以對。

美人的皮鞋跟一踏出琉璃大門，立刻駛來寶藍色的轎車。司機似乎是某位商業雜誌的常駐封面人物，臉色和苦瓜一樣青翠，又是一個連海聲高壓統治下的犧牲者。

剩下大叔一個人，好無聊，隨手翻著吳以文送給他的精美備忘手冊。

上面寫道，勸老闆吃藥的時候，常見有下列兩個問題：

一、轉移話題。

二、跑掉。

解決方案：把司機揍昏然後一直看著老闆，一直看著，直到老闆回心轉意。

「孩子，我對不起你。」嚴清風雙手合十懺悔，他讓人給溜了。

不過，明明是連海聲的錯，為什麼倒楣的總是第三人呢？

經過一番與飆車族的公路追逐戰，楊中和終於平安踩上美好的土地。重機停在靠山壁的路邊，仔細蓋上防水布後，吳以文帶著他走小路上山，尋了一塊可以休息的平台。

如果說有什麼能彌補快死光的腦細胞，莫過於熱呼呼的超美味便當還有茶水了。楊中和茶足飯飽後，開始出現這趟旅行也不是太糟的錯覺。

吳以文從裝得飽滿的旅行包拿出杯子蛋糕，供在一旁山石小廟前。

「請保佑小銀平安無事。」

為什麼不是「班長平安無事」？楊中和很想把裝茶的保溫瓶扔到對方頭上。

「班長，出發。」

「喂，你還沒吃飯吧？」楊中和遲疑地跟上去，早知道今天要爬山，就不穿制服和皮鞋出門。

「……班長，有竹筍。」吳以文隨便指向竹林轉移注意。

「似乎只有一個便當，對不對？」楊中和語氣冷下。

「別擔心，他們一定會準備班長的晚餐！」吳以文瞬間邁步直衝。

「別跑！你竟然臨時起意綁架我！」楊中和就算穿皮鞋跑山路，也一定要宰了他。

「因爲班長的背影是迷失人生的小孩！」

「什麼鬼！你根本是碰運氣看看能不能堵到我！我幹嘛跟你抱怨禮拜天要補習啊！混帳！」

體育乙的十三班班長終於在半山腰拉到吳同學的衣角，他揮拳的能量已經歸零，只能咬緊牙努力喘氣。

「班長，聽說過天海幫主？」

「呼呼……好像是目前黑社會的龍頭老大……」楊中和突然了解今天要喝茶聊天的大人物是誰了，啊，好想哭卻流不出淚。

「資料顯示，他非常欣賞槍法好的人。」吳以文這麼說著，右手掌也跟著出現銀色短槍。

楊中和覺得完蛋了，他竟然一點都不驚訝。

「你亮傢伙出來幹嘛？我們被包圍了嗎？」

吳以文搖頭，比向左上角，又比向右上角。

「唔，我看不見。解釋一下。」基本上，楊中和不懷疑某同學眼力可觀察到七等星。

「靶子，打中左邊是客人，右邊是拆館。」吳以文指著受到竹葉重重遮掩的入門關卡，只有行內人才知道天海幫主無理的規矩。

「好，加油。」楊中和從離開補習班後，一直處於聽天由命的狀態。

槍聲響起，楊中和聽見怪異的金屬碰撞聲，好像小鋼珠不停跳來跳去，最後，猛然一聲爆破，紅光頓時包圍四周。

吳以文還停在雙手托槍的姿勢，一動也不動。

「出了什麼意外？」楊中和實在想不出一個所以然來。

「命中率1.33。」吳以文說。

「十分法？」楊中和不禁拉高嗓門。

「百分比。」吳以文極其冷靜地說。

「怎麼會那麼低！那你還敢開槍！我不要客死異鄉啊！」

鵝卵石大的物體從四面八方投射過來。楊中和還沒叫完就被打趴在地，感覺怎麼會如此熟悉？好像上次在大禮堂也是這樣突然瀕臨死線！

「只是漆彈。」吳以文把臉埋進旅行袋中，正搜索危險物品。

可是強韌竹桿紛紛被亂射彈丸攔腰折斷的畫面，帶給楊中和幼小心靈巨大的衝擊。

「會死人的漆彈根本沒差啊！」

吳以文奮然英勇起身，偏頭閃過兩顆殺人炮彈，手裡捏著水銀電池模樣的圓錠，全力往上坡拋去。

「轟隆隆！」

楊中和生平眞的沒打算體驗轟炸過後的戰場，所有遮蔽都化為烏有後，山頂的別墅露出一角藍色屋瓦。

「我們眞是水土保持的罪人。」吳以文對一眨眼間光禿禿的山坡地稍微表示哀悼。

「我們個頭！我什麼時候變成你的共犯啊！」還沒上門就把人家的庭院炸掉，楊中和只是抱著頭搖，他快瘋了。

屋漏偏逢連夜雨，天雷大作，不一會，傾盆大雨落下，沒有遮蔽的兩人淋得像被丟進游泳池一樣濕。

原本耀武揚威的吳同學突然蹲下來，活像無家可歸的小孩。

「班長，請借我吹風機……」小店員陷入雨天憂鬱症，戰鬥力損失九成九九。

「你又怎麼了！」

吳以文淋雨後，整個人秀逗斷電，只是拉著楊中和的衣角，怯怯縮在他身邊，還跳針背起話劇台詞。

「桃樂絲，妳願意成為我迷惘中的依靠嗎？」吳以文腦袋垂得老低，很無助的樣子。

「不願意！」楊中和斬釘截鐵地說。不要以為露出小動物眼神他就會被糊弄過去，不久前這個傢伙不眨一眼地用車輪輾過向他們嗆聲的飆車族肚子。

吳以文過長的劉海扎進眼睛，橄欖圓的貓眼難受地瞇起，他抬手想揉開，卻被楊中和早一步打下去。

「不要揉，細菌會跑進去。」楊中和說著阿嬤的台詞。

「班長。」吳以文擠出一絲力氣喚著，「上次教訓我的人，草都比風風高了。」

「你這是在威嚇我嗎？」楊中和白眼回去。

楊中和帶著吳同學往前走，路上再無其他動靜，他不想自欺欺人，含淚排除其實人都死光的想法，懸著七上八下的心，穿過翠綠林道。遠望去，依稀可見隱蔽在山間的村落，路邊立著山形大石，刻著「天海」兩字。

他們越過大石，迎面兩排整齊的日式房舍，楊中和還來不及觀察環境，冷不防被吳以文推到身後。

和式手拉門一道道開啟，人人穿著同款的深藍色長袍，十來支手槍整齊對準年幼無知的訪客。

唯一沒持槍的男人從房舍之間的石鋪走道走來，他那襲藍色上衣比其他人多了華麗的紋路，一身健美的肌肉把布料繃得死緊，五官有稜有角，比起混混的頭子，更像年輕有為的軍官。

「你們來做什麼？」藍衣男人口吻聽來不慍不火，站在吳以文身前，明顯對比出成年男子和少年的差異。

吳以文猛一抬腳，把男人狠掃在青泥地上。

「二堂主！」眾人驚得大喊。

楊中和發傻的腦中，只能確定某人剛剛絕對是裝死耍他。

「我要見你們『老爺』。」吳以文對著數十把槍，冷然告知一聲。

兩個高中生與槍炮僵持好一會，直到那個被掃倒的男人擦著鼻血起身，揮手令槍口撤下。

「好樣的，我已經好久沒遇到這麼有前途的小朋友了。」

楊中和拉著神情冷漠的吳以文，戒慎恐懼地往後退去，他的心臟可是無法忍受他再踢一腳出去。

「很抱歉，他就是這麼衝動。」

「哦，你是他朋友嗎？」藍衣男人這才注意到躲在人家背後的某少年甲。

「我、他……我們是特地來拜訪你們的老大，絕對不是來挑釁！」楊中和嚇得口齒不清。

「有預約嗎？」男人和健壯的外表不太相符，說話溫和又客氣，不計前嫌。

楊中和側肘頂了下裝啞巴的同學，吳以文才打開神祕的旅行包，從裡頭拿出黑色信箋。

「介紹信。」吳以文心不甘情不願地拿出拜帖。

「爲什麼不早點拿出來！」楊中和察覺到吳以文口氣的失落，其實他同學只想來踢館吧？

男人接過，打開信件，仔細確認內容，一舉一動都稱得上端正有禮，除了中途吸了吸鼻血，那源源不絕的血量可以顯示出凶手出腳之狠。

「你是東聯的客子？」男人語氣微帶驚歎。

「不是。」只是那個老大三不五時跟店長耍賴要店員寫入幫血盟。

「還好，還有機會。」藍衣男人向兩位少年露出誠摯的笑容。「這邊請。你們是上賓，大堂主會親自招待。」

楊中和怔怔跟著男人走進屋子，脫了皮鞋，踩著木板外廊前進。他那個同學卻一副沒什麼的死樣子，眞想揍他一拳——如果他答應不還手的話。

「本來想帶班長破關。」吳以文轉頭過來，「打大魔王。」

「不懂，你也不用說明。」楊中和記下他可悲的綁架理由，打大魔王。

到了會客室，楊中和和他同學換上敵方送來的和式浴衣。

即使楊中和冷靜地擦乾鏡片上的水珠，重新戴上他的黑框眼鏡，可是眼前幫他們沏茶的藍和服美女，還是沒有從世界消失，果然不是幻覺嗎？

白皮膚、高雅的氣質和微笑，長木簪挽起烏黑的秀髮，言行間散發出傳統女性的溫柔氣息。美人用托盤將熱呼呼的茶水端到他們面前，和容放下。

「請用。」

「謝謝。」楊中和肩負起發聲筒的職責，非常誠懇地向對方點頭回禮。而他隔壁這個只會張著眼睛發呆的綁匪同學，連美女目不轉睛地盯著他看也無動於衷。

「路上辛苦了。」美女笑容滿面地說著客套話。

「不會。」楊中和也笑著說出天大的謊言，天知道他回想起來都快哭了。

吳以文仍然沉默是金。

「眞巧，有個和你們差不多的孩子陪老爺來這裡休息，只是沒法替你們引薦。」

「是這樣啊……」楊中和跟著人家表示一下遺憾，雖然他根本不知道美女提這個題外話要做什麼。

吳以文抬起頭，稍微把目光放在美女身上，她還是微笑以對。

「雖然勇氣可嘉，但是你們炸了老爺心愛的竹林。照規矩，會有一些小懲罰，請多多包涵。」大和撫子美女雙手向前，屈身朝兩人微微行禮。

楊中和在心中尖叫，為什麼美女口中的名詞都是「你們」這個複數啊！

他的頭突然被吳同學按下，有股冰涼的勁風從他脖頸掃過。吳以文抓住一支黑鐵袖箭，反身往天海大堂主起腳橫掃而去。

第二場高手擂台，開打！

楊中和小心肝嚇得怦怦跳，但還是沒法閉上眼不看，他同學的身手實在剽悍得令人別不開眼。

「身手不錯！」連敵方大姊姊也不禁喝采，「有興趣加入天海嗎？」

「完全沒有。」吳以文一口回絕。

「陰冥孫小姐？」

吳以文頓了頓，這個破綻被抓個正著，肚子受了一拳才連步退開。

「呼，終於替蒼報仇了。」女子整理好儀容，好像沒打過人一樣，再次向兩名少年跪拜行禮。「以後也請多多關照。」

女子離開後，和室安靜一片。良久，楊中和才開口問：「你還好嗎？」那一下看起來好痛。

吳以文搖搖頭，拉開衣袍給班長看肚子，沒有瘀青的痕跡，倒是有個彈孔的傷疤。

「小和沒事就好。」

雖然他同學一路都很白目，楊中和還是原諒了他。

五、天海幫聯・下

時間來到晚間六點，門外終於有了動靜，要領他們和大老爺一道用飯。

他們進餐房前被搜身，全身上下非常徹底，確認沒有任何危險品，兩名少年才被獲准放行。

藍衣侍者爲他們拉開偌大紙門，裡頭的和室相當明亮寬敞，而且排場驚人，餐桌對面站滿藍色長袍的弟兄；十來尺的矮長桌放滿生鮮類魚貝蝦，五彩繽紛，而食具只有三套，他、他同學和那位踞坐的老先生，也就是堂堂天海幫主。

楊中和猛然想起這不是他該來的地方，想退後，卻撞上死人表情的罪魁禍首，只能硬著頭皮向在場的眾位陪笑……

啊啊啊！爲什麼是他負責開路！

兩個比起所有人算是小孩子的少年跪坐下來，滿頭白髮的老人家看著他們，但又不是眞的把人放在眼裡，揮手叫右邊的堂主美女過來，猛力咳出聲響，濃濁的痰吐到美女手中的瓷盆。

楊中和忍不住在心中罵了聲，跟他老爸那個中年禿男人一個死德性。

「你，來這裡找碴嘛！有膽。」老人開口了，聲音如同壯年人洪亮。「做什麼，說！說得不好，罰！」

楊中和鏡片下的雙眼怔怔睜著，爲什麼會對著他說話？轉頭看去，吳以文低著頭，仿若榻榻米上的塵埃。

這個混蛋！

「我們……」

「等一下！」老人拍掌一聲，打斷楊中和的發言。「禮呢？」

「很抱歉……」楊中和實在不喜歡老頭目中無人的態度，自以爲皇帝老子，雖然他的確是黑社會的龍頭霸主。

「你，不是在什麼破店打雜嗎？表演點雜耍來看看！」老人目光一轉，矛頭指向那個無視於他、只會裝聾作啞的小鬼。

楊中和拉過吳以文的衣袖提醒，他同學卻早一步站起來，放開內斂的威勢，清冷的眸和老人銳利的眼交會，四周人趕緊拔起槍。

只見吳同學右手往前攤開，手中出現三個沾醬用的小碟子，一個個拋上空中。指尖上下輕點，藍色綠色的碟子隨即旋成華麗的圓，直到吳以文收回右手，飛舞的碟子才有序地從上空落回原本位置，分毫不差。

吳以文微微行禮，端正跪坐下來。

大堂主微笑依舊，笑意更深；二堂主無聲拍手喝采，老幫主沒說什麼，只是「嘖」了一聲。

楊中和就知道自家同學是古老雜技團出身的祕密成員，看對方拿著碟子表演還爲自己添醬料，心情一時複雜至無解的地步。

「班長，請用。」剝殼、去刺、沾醬，動作熟練得無可挑剔。

「哦，謝謝。」楊中和接過爲自己料理好的海鮮。那麼多人看著，就他自己一個人吃，這樣眞的好嗎？「你也吃呀！」

「中毒須要有人照顧。」吳以文輕聲地說，卻清楚傳到長桌對面。

老人震怒，猛力拍桌。楊中和咳個不停，拚命咳著，吳以文替他倒杯茶。

「你說天海會對你們這兩個小鬼來陰的！」

「會嗎？」吳以文反問。

同學，拜託別在這裡對魔王挑釁啊！

「有的話，我就不姓『陰』！」老人厲聲咆哮，怒吼迴響全室，久久不散。

「那就不客氣了。」吳以文理所當然地接下話，再一行禮。

楊中和第一次感受到平時坐在他前面的同學很可怕，比食物中毒還可怕，沒有半分對危機該有的恐懼感。

「已經有五、六年沒人敢這樣對我說話。」老人笑了，笑得十足陰狠。

楊中和聽到天海大幫主在對某人嗆聲，可是某人忙著用生魚片把龍蝦肉捲起來，再用海苔打結，挾到楊中和滿滿的碗裡。

吳同學，完完全全，無視於人。

「你是跟他有仇嗎？」楊中和對笨蛋悄聲耳語，竟然公然讓龍頭老大沒有台階下。

「班長覺得可憐，可以跟他聊天。」吳以文用正常音量回覆。

楊中和只能含淚正坐起身，面對一室的黑道分子。

「這傢伙就是這樣，請別在意。」請別殺我。「我們此行是想請教老爺子一件事。」

「說！」老人眼裡仍殘有怒火。

「嚴清風法官遇襲，和天海有沒有關係？」楊中和流暢地問出來，自己都嚇了一跳。

「那個老傢伙出事了？怎麼說？」老人意興闌珊地跪坐回來，拎起蝦子的頭，一口吞下。

「你們是不知道，還是不想管？」楊中和知道自己口氣變差了，可是控制不住。

「你猜呀？」老人咯咯笑著，舌頭忙著品嚐巴掌大的生蠔。

「班長，不用生氣。」吳以文拉住半起身的楊中和。

許久，楊中和才從牙縫中擠出淡一點的聲調。

「吳以文，我們走。」

老人逮到機會，吩咐後面的人把門關了，發出老奸巨滑的笑聲。

「無雙不成禮，想走再弄點東西來瞧瞧，可別像剛才那麼乏味。」

吳以文起身，左手亮出一副竹箸，他把精緻的長筷往上扔，旋空的一雙筷子吸引在場所有視線。就在大家等著看他變出什麼驚奇把戲，他右手倏地掏出銀槍，槍口高高在上地睥睨著老人的傲氣。

一瞬間，氣氛凍結，房間所有槍管集中在吳以文身上，除了他手中的那把。

天海幫眾訓練有素，臨場反應只不過眨眼半刻，可是再快，也不及古董店店員的敏捷。

「小小把戲，見笑了。」吳以文屈身行禮，漂亮地直起身子，收起槍，牽起楊中和的手，逕自推開手拉門，頭也不回地離開。

楊中和空白的腦子裡，得到不大也不小的感想：其實他同學不是地球人吧？

青少年超過八點打電話回家的時候，十句有八句都是謊言，越晚眞實性越低；但楊中和對天發誓，他的謊話絕對是出自眞誠的善意。

被家裡三個大人輪流唸了十來分鐘，總算以「去朋友家討論報告」作結。

報告題目？「黑社會生態實習」。

夜雨打得竹林沙沙作響，應景的風鈴隨拂來的涼風叮鈴清響，要不是處在如此的人事物之下，楊中和應該可以享受這般文人雅士的夜晚。他拿出背包內的筆記本，用力狂寫本日心得。再不發洩出來，一定會想不開和那傢伙同歸於盡。

紙門拉開，同樣穿著淡藍浴衣的吳同學挽著竹籃走進來。楊中和看他從行李拿出一圈鐵線，從房間的一端架到另一端牆上，好整以暇地晾起衣服。

「啊啊，這些該不會都是你洗的吧？」楊中和看到自己的四角褲了。

吳以文點頭。

總覺得一副熟練到不行的樣子。楊中和總計一下對方的特殊技能，煮飯、烤點心、縫紉、洗衣服……眞是不娶回家對不起世界的賢妻良母，可惜熱愛飆車又腦袋有洞。

吳以文坐下來，繼續手工藝大業，一針一線密密縫。柔和的燈光和雨色襯著側臉的輪廓，寧靜而安詳，卻不能改變他是個骨架比自己還堅實英挺的同性生物之鐵一般的事實。

楊中和發出不甘的哼斥聲，平常穿制服看不出來，身材眞好……

「你在幹嘛？」雖然不想理他，但在寂寞的異地夜裡，楊中和還是忍不住先開了話頭。

「戲服。」吳以文回答。

楊中和又忘了「好奇心不償命」之名言錦句，收起紙筆，腦袋湊近人家的肩膀。

「這是啥啦！」楊中和驚訝地台語腔都冒出來了。

「獅子的耳朵。」吳以文把完成品直接套在頭上。

「你確定這是演戲而不是爲了引起暴動？」楊中和直直盯著那雙存心誘拐犯罪的毛耳朵。

「班長，還有，托托的耳朵。」吳以文從紅色紙袋裡拿出白茸茸的貓耳二號。

基本上，楊中和分不出對方獅子和貓的差別。

「托托是狗吧？」故事中與小主人冒險犯難的良犬一枚。

「班長，托托是貓。」

「請不要無視原作。」

「明夜和律人也說是貓。」小店員流露出倔強的一面。

「這是多數決就可以反駁的事嗎？」他們實在太寵他了。

「班長一起來？」

「不要把這種無視男性尊嚴的東西戴在我頭上！」楊中和義正辭嚴地阻止興致勃勃的同學。「狗是哪裡不好？」

吳以文摘下金黃色的毛料道具，低著頭，沉重回應：「跟牠們有些過節。」

楊中和眼神死去地接受他同學滿是問號的回答：「你是小時候被狗追過嗎？」

吳以文縮起身子，點點頭。不堪回首的八隻警犬追逐戰，而且向師父大人求救，吳韜光還以爲他玩得很開心，只在遠處燦爛地揮揮手。

楊中和看得可憐，拍拍他同學頭兩下。

「班長。」吳以文平板喚了聲。這時候楊中和還沒意識到這是他同學親密的表現，還讓他順理成章靠過來蹭，自找死路。

「你這樣子與其說是做客，還不如說是來下馬威的。」楊中和再次提起心愛的2B鉛筆，在筆記本上寫寫寫。

「『一、引起注意，二、氣死他們，三、談正事。』老闆交代的。」吳以文仔細在白耳朵繡上托托的英文名字。

楊中和的筆頓時懸在半空：「你的一跟二差點害死我耶！你那個雇主怎麼那麼變態啊！」

「老闆不是變態，老闆有老闆的考量，我最喜歡老闆了。」吳以文抓著毛茸茸的耳朵，口氣一貫單調，一般人很難聽出有多深的感情在裡頭。

楊中和對作爲小打手的吳以文氣不起來，只能怪罪沒良心的店長。

等吳以文忙完他的手工藝，剛好楊中和也打了哈欠。

「班長，累？」

楊中和模糊應了聲，吳以文從壁櫃拿出床被，細心鋪好。

「班長，一起睡？」

楊中和覺得不妥，大大地不妥，但他同學露出小朋友期盼的眼神，他才勉爲其難拔下黑框眼鏡放在床頭，躺進舒適而溫暖的被窩。

「吳以文，不如說說你自己的事，像是星座啊、兄弟姊妹，還是哪個親戚是馬戲團團長之類的？」楊中和雖然累癱了，可是今天發生太多事，他根本睡不著。

「楊中和，三月二十日生，十六歲，獨子。父，年四十九，爲建築界泰斗，現轉往室內設計；母，年四十六，曾任股市分析師，現爲在超市兼職的家庭主婦；奶奶，因戰亂晚報戶口，眞實年齡介於七十二到七十四，社區老人。一名叔叔、兩名姑姑、五名舅舅、三名阿姨，皆無特殊表現，略……」

「停！」楊中和放棄交流，閉上眼，卻感覺身旁的人翻來覆去，最後隱約一口頹喪的嘆息。「怎麼了？」

「沒有帶咪咪來。」吳以文好不沮喪。

「咪咪是誰？」楊中和其實不想問，眞的。

「跟班長一樣大的娃娃，貓咪。」

楊中和很討厭那個形容詞，冷冷地問：「你該不會想把我當成貓咪抱枕吧？」

吳以文點點頭，楊中和嚴詞拒絕。

過了很久，沒有半點動靜，外頭的雨聲都被房裡的冷寂放大，楊中和才翻過身去，他同學抱膝蜷成一團。

「班長好冷漠，我的心都凍僵了。」

「少來！」他才不要充當臨時抱枕，很不幸地，這極有可能是挾持肉票的最大原因。

「班長。」

「幹嘛？再說蠢話我要殺人喔！」

「有爸爸媽媽的感覺是怎樣？」吳以文微聲探問。

楊中和的睡意全被這個問句趕跑了，但他就是沒辦法生氣。

上學期他也是班長，導師和他同學很不對盤，老師是新人，而十九號同學是融不進人群的新生，明明出發點是好的，但他們不擅表達的數學老師卻把關心說得像責難一樣，還揚言要把他家長叫來學校，看看自家小孩是什麼德性。

吳同學平常不發一語，那次卻被逼得在導師室崩潰大喊——沒有，我沒有父母！

楊中和當時和他不熟，卻也能感受到那種孤子的絕望。他當班長只不過爲了方便熟悉同學，沒有眞正想去體貼他同學的處境，只是偶爾會對弱小心生惻隱。

他輕聲開口：「我爸媽感情很好，雖然我爸是個浪子，也沒聽過我媽嫌棄他，一直讓他隨心所欲地接單蓋房子。可能因爲我是獨子，從來沒有受過冷落，我學過珠算、胡琴，我媽栽培我可是不遺餘力。」

楊中和眼角瞄向他同學，吳以文正無與倫比地專心聽著，好像他的話是什麼寶貴的見解一樣。

「班長，明夜生病時，他的媽媽會照顧他，班長的媽媽也會嗎？」

拜託別問這麼悲情的句子，他可是努力維持輕鬆的語調，別害他破了功。

「會呀，我感冒都能喝到用蜂蜜熬的小米粥。我阿嬤還會不顧我媽阻止，在床邊撫著我的背，哄我入睡。」

「班長，好好喔，我也想要有阿嬤。」

楊中和差點笑出來，不知道怎麼跟他同學解釋疼孫的祖母不是輕易就能獲得的。

「我不太會生病，醫生說，一生病就沒救了。有一次感冒，身體不能動，師母很生氣，不能動就不能做事，把我趕出去。下雨的柏油路很冷，就像骨頭放了冰塊一樣冷。沒有媽媽的話，眞的不能生病，生病是很不好的事，會讓自己變沒用……」

「吳以文，聽我說。」楊中和忍不住截斷他同學的話，「你沒有錯，生病也沒有錯，人都會生病，生病就會不舒服，要好好休息才行，知道嗎？」

吳以文仍是不太明白的樣子，楊中和吸了下鼻水，輕拍他同學的腦袋。

「沒有父母不是你的錯，不是因爲你不好，你千萬不要把它當作一個缺陷，你只是運氣比別人差而已。你以後還會遇到許多值得你喜歡的人，你會組成一個和樂的家庭，只要你努力，你一定能過得很好。」

楊中和說完，胸口就被他同學那顆腦袋抵住，如此安靜過了一段時間。

「班長，我想當老闆的家人。」吳以文鼓起勇氣說道。

「有目標是件好事。」雖然根據楊中和的觀察筆記，古董店店長是個相當冷情的人，並不適合一起生活。

「生病的時候，老闆就不會趕我走了。」

楊中和想，他同學的願望明明如此渺小，爲什麼還是過得這麼辛苦？但他也知道這個世界其實一直都很不公平。

他沒有替他怨嘆，只是鼓勵般輕應一聲。

翌日，早上六點整，兩隻外訪、也可說是來找碴的小朋友已梳洗完畢，乾乾淨淨地坐在隔間的小飯廳等候早點。一個掛著死魚表情但好歹精神煥發，一個掛著黑框眼鏡，加上兩抹淒涼的黑眼圈，很想讓他同學從世界上消失。

「知不知道，你睡相很差？」楊中和整句話呈現低氣壓。

「咪咪都沒說過什麼。」吳同學毫無歉意。

到頭來，他還是擺脫不了貓咪抱枕的命運嗎？

一秒兩秒，眼鏡少年終於想不開去跟對方扭打起來了。

「班長，抱一下又不會少塊肉。」明知故犯的犯人如是說，戰況完全倒向吳以文這邊，仔細聽，他的平板聲音裡還帶著一夜好眠的慵懶口氣。

「那哪叫『抱』！根本是壓醬菜好嗎！」整顆腦袋突然撲到他胸腔上，差點內出血。

「兩位小客人要吃什麼？」美女堂主神不知鬼不覺地來到兩名少年開打的戰場。

「班長，小氣會少年禿。」吳以文一手抓一腕，讓楊中和只能在他面前三十公分處咬牙切齒。

「拜託，讓我打一拳，一拳就好……」楊中和從殺紅了眼到低聲懇求。

「紅茶好嗎？」

「班長，牙齒會不見喔。」吳以文稍微讓步。

「請你千萬別出手。」楊中和爲他的性命不禁猶豫。「抱歉，你們準備什麼就吃什麼，不必額外張羅，謝謝。」

「不太可能。」店員的反射神經練就到連店長也差點被波及的地步。「牛奶。」

「不用了，你們準備什麼，『我們』就吃什麼！把他當啞巴就行了！反正他在班上一直都這樣！」楊中和非常火大。

「兩杯牛奶！」吳以文加大音量表示，故意的，絕對是故意的。

「你這個死小孩！」

「好，那就兩杯牛奶。」美女笑著複誦一遍，看起來挺開心的。「唉呀，就跟夜說的一樣可愛。」

楊中和被束縛的雙手突然鬆下，害他差點在和服美女跟前跌倒。

「牛奶不用了。」吳以文冷聲拒絕掉早膳。

美女微笑，楊中和以爲她還會再說些什麼，可是沒有下文，她就曳著和服衣襬輕步離開房間。

「喂，你到底在和她鬧什麼性子？」

「班長，不用對搶貓的人客氣，他們都是壞蛋！」吳以文氣呼呼說著，橄欖貓眼瞪得老大。

「莫名其妙！」楊中和始終沒辦法把腦電波調到和他同學同頻。

吳以文從行李袋中拿出自製的乾糧片代替早點，楊中和端詳一會上頭的杏仁粒和香濃的可可氣味，忍不住就接過來，一片接著一片。

「班長，對不起，沒有牛奶。」吳以文替他倒茶水。

「沒關係啦。」楊中和討厭總是心軟的自己。「之後再跟我解釋什麼是『搶貓』就好了。」

不一會，肌肉男二堂主來了，說幫主召見，領著他們過去大廳。楊中和仔細看著廊上布置，要是不曉得這裡是黑道巢穴，說不定會以爲是某個望族的別墅。

他們進了大廳，老人就像皇帝轉世，霸坐在塞得下兩個成人的太師椅上，兩邊排滿了侍從，拿著行動電話談笑風生，讓他們眼巴巴地在龍鳳地毯上罰站。

過了好一段時間，老幫主才清脆闔上手機蓋，一雙老眼瞧不起人地瞄了下炸他園子的清秀少年。

「你叫什麼名字，報上來。」

「連海聲。」吳以文逐字清晰說出，老人身邊的兩位堂主交換眼神。「我老闆有話要轉告你。」

老人看起來很不滿，但還是嘟囔幾聲，叫他說下去。

「繼續放任慶中下去，眞的好嗎？天海的大老爺。」吳以文些些微微瞇上眼說道。

楊中和驚異不已，他同學原本了無生氣的嗓音突然轉成輕佻語調，彷彿看見他身後藏鏡人那張目中無人的囂張嘴臉親身槓上黑社會的大頭目。

「你在威脅我？」

「不敢，但是原來天海說穿了也不過是一群野狗叫得最大聲的那隻，呵，下面的小狗崽都快咬上來了。」

在場人臉色刷過一片青白，而底下的店員始終一張撲克臉。

「陰老爺子，嚴清風死了，對你眞的好嗎？」

老人拿過精緻的瓷盆，吐出口痰，對下面的初生之犢撇撇老嘴。

「當然不好啦，出錢砸不死的敵人現在絕種啦！小子，跟爺爺說那老傢伙在哪裡。」

「我們店裡。」吳以文正常回覆。

「很好，像他命這麼硬的老傢伙還眞不多。」老人露出皺巴巴的笑臉，比他吼人還要可怕。「我聽過你老闆。太自以爲是的年輕人都活不久，幫我說一聲呀，小朋友。」

「報酬。」

「我跟姓嚴的非親非故，憑什麼幫他付帳？」人老到一個地步，心眼都會成精。「想在九聯十八幫吃得開？當然可以！黑社會可是講人情的地方，不過看在我又老又病又要出力的份上，送點禮物也不爲過吧？」

「看在老闆年輕漂亮還要浪費口水的苦勞，請你務必實現你的承諾。」

老人放聲大笑，吳以文始終掛著一張冰山面容。

「聽人家說，你出生不太乾淨，是人家的私生子。正好，我身邊也有個雜種仔。」

老人分明是故意提這題外話，藏在後殿的天海少主只能捂緊嘴，祈求上蒼這難堪的時候能早點結束。

「我曾經有兩個女兒，一個親生的，一個過繼來的。後來養女許給某個以殺人維生的男人，想拉攏他當我的手下，卻被那個殺手殺了，連孩子都不見，整個肚子被剖開。因為他知道自己的血脈很有價值，把種留給他在外面的女人，然後殺了我女兒。我的女兒和孫子會死，都是那個雜種仔害的。」

楊中和聽得心驚膽顫，老人雖然平和敘述著慘劇，但話裡的恨意卻怎麼也掩飾不了。

「我沒有為難你，純粹因為你神似我養女。」

吳以文漠然抬起頭，老人不再藏起自身的喜愛。

「尤其你裝作無所謂，但其實恨極整個世界的樣子，實在太像了。」

吳以文轉過身，把槍交到楊中和手上，然後獨身向老人走去，目的地卻不在龍座上的老人，而是越過他走向昏暗的後廳。

「明夜，出來。」吳以文叫著，一旁的大堂主美人忍不住笑出聲。

童明夜這才拉開老人身後的紙門，垂著清俊的臉來到大殿，一步步走到吳以文身邊。他比吳以文高了半顆頭，卻縮著身子，在友人的注視下，不敢吭半聲。

「阿、阿文……」

「跟你說過多少次，不可以跟邪惡的老貓走，不聽話！」吳以文板著臉教訓，童明夜把頭垂得更低。

雖然平時打打鬧鬧，可以把吳以文圈著撒嬌，但在大事上，童明夜絕不敢違逆吳以文，因爲他足足小對方九個多月，按結拜次序，吳以文是大哥。

「阿文，你怎麼知道我在這裡？」

「家裡的貓跑不見了，準備的飯菜都剩下來，我怎麼會不知道！」好凶，童明夜微微發抖，阿文親親生起氣來可是很可怕的。

「是他欠我們天海，父債子還。」老人還在龍座上玩他的玉扳指。

童明夜好不容易才忍下淚光，聽了這話，又不禁紅了眼眶。

「對不起，阿文，我也想聽你的話，可是我家裡比較複雜……」

「有沒有被欺負？」吳以文只是用右手攬起童明夜後頸，把他往自己帶近一些。「明夜，受什麼委屈，我都會幫你討回來。」

童明夜眼中的水珠啪答掉個不停，他的少主形象大概會淹沒到谷底去了。

「我沒事，對不起阿文，對不起害你蹚進渾水，我眞的不是故意的……不是故意要害死我親生兄弟……請你不要厭惡我……」

吳以文讓童明夜靠在自己臂膀，面無表情凝視著用言語折磨他人的天海幫主。楊中和在後方看著，沒辦法把他同學現在的樣子和昨晚無助的模樣兜在一塊。

「我知道，明夜是好孩子。」吳以文安撫好死黨，再次起步向前，當二堂主大叫「不好」的時候，已經來不及了。

他攢住老幫主的衣領，一把將人扯到地上，殿上一片譁然。

少年在上，驚愕的老幫主在下，水晶眸子冷然睥睨曾統領九聯十八幫的霸主。

「你已經老了，這個位子，該換人坐了。」

吳以文拳頭還沒揮下，就被童明夜死死架住雙肩往後拖。要是眞打下去，就算天皇老子來，他們也不可能活著走出天海的地盤。

「小和班長，幫個忙……」童明夜光是壓制吳以文就使盡全力，無法再分神思考。

「他抓狂了啦，想想辦法！」

楊中和見吳以文還是那張面具糊起的死人臉，怎麼也感受不到他的情緒波動，所以就算是識人無數的老幫主，也沒看出那個清清淡淡的男孩子早就氣瘋了。

「他以爲明夜沒有爸媽就欺負明夜……明夜可是我家的貓……」吳以文還在童明夜懷裡無意識掙扎著，手臂朝著老幫主揮舞。

「阿文，好了啦，沒關係，我在這裡吃好穿好，你看，有長高長肉，你不要這樣……」

二堂主連忙扶起幫主，大堂主仍在一旁微笑看好戲，四周侍從也只是冷眼旁觀。楊中和覺得其實霸主也不是那麼好當，天海老幫主已經在位太久，身邊還有多少人是眞心爲他幹活？

「吳以文，你來這裡是爲了誰辦事？」楊中和雖然與他同學認識不深，但很明白他同學心頭那人的分量。

他同學立刻停下動作，看他凝重的樣子，顯然知道自己犯了大錯。而楊中和也覺得自己跟著玩完了。

「既然明夜有好好吃飯，那就算了。」吳以文摸摸兩下童明夜的腦袋，自以爲找好台階走下來，拉過楊中和的手就要離開。

「站住！」老人沉聲喝道，「你以爲，你還走得了嗎？」

「大人有大量，老貓讓小貓……班長，爲什麼踩我的腳？」吳以文不明所以地眨了下眼。

「請你住口。」楊中和不知道他死了以後，家裡的老人家要誰來照顧。「陰幫主，看在我們年幼無知的份上，請放過我們。」

「現在才說這話，不覺得太遲了嗎！」老人大吼，楊中和心臟都快跳出來了，卻只是抓緊他同學的手腕。

「是你有錯在先，難道還想要以威勢逼迫我們道歉嗎？」

楊中和認為他只是在講道理，但場上的人卻臉色丕變，只有他同學發呆似地看著他。怎麼了？他說錯很不得了的話嗎？

「我在傷腦筋，你別拉著我的手晃！」楊中和還得分神斥責同學愚蠢的小動作。

「藍，把地下室的牢房清出來。」老人吩咐下去，美女大堂主笑著應好。

「老爺子，請三思，你要關就關我！阿蒼哥哥，拜託，是我不好，別動我兄弟！」童明夜被二堂主拉到一邊去，不知所措地望著吳以文；而吳以文只是在頭上比了兩片耳朵給他看。

老人手中手機響起，他看了來電者，哼哼笑了幾聲，拒絕通話。

「東聯你這個輸家別想跟我搶。」

沒想到，疾走的腳步聲從堂下奔來，各堂的藍袍手下紛紛捧著緊急事件的電話擁上老人跟前，數十具有線無線的話機頓時響徹廳堂，老人只接過美女堂主手上的水藍手機，從容不迫的自信倏然沉下。

「怎、怎麼了？」楊中和從背後抓緊吳以文的衣角，到底有什麼能讓險惡的情勢驟然生變。

「老闆叫我回店裡，出來太久了。」吳以文低聲回應。

那個變因，就是連海聲。

「連海聲到底是什麼人？為什麼請得動這麼多老傢伙保你一命？」老幫主猙獰質問。以往能有這般能耐和手段的傢伙，只有已故的延世相和失蹤的林家少家主，他討厭被威脅的感覺，尤其已經五年多沒有任何人敢在他頭上撒野。

「是我老闆。」吳以文理所當然地回答。

天海幫主臉上迸出青筋。

「你不說真話，我是絕對不可能放人！」

「老爺，大小姐交代，那是她的內定女婿。」大堂主美人輕柔地提醒一聲。

「女婿算什麼！我可是她父親。」

「大小姐說，她最寶貝的是女兒，再下來就是女婿了。要是他傷了半分，就要把您炸了，老爺子。」

老人臉色鐵青，似乎不認為這玩笑般的警告是開玩笑。

「班長，走。」吳以文再次往出口前進，這次再沒有人出手攔住他的去路。「明夜，要好好照顧自己。」

「阿文，你放心，我明天就回學校。」童明夜在後方用力揮手。

直到兩人走回後山，坐上發動的機車，楊中和才有死裡逃生的真實感。

回程路上，他同學的時速維持在五十公里，楊中和終於能有閒情逸致去欣賞東海岸的風景。

「班長，對不起。」

楊中和看在他同學是爲自家兄弟挺身而出給那個死老頭一個教訓，不跟他計較。

「算了，這對我以後要爲人民披露社會的眞實、揭穿上位者陰謀的遠大志向也是一種經驗。」

「記者？」

「對啦！」雖然他志向的社會地位越來越低，但無論如何，他都想成爲眞相的探索者，堅守人民的第四權。

「一個月便當。」

「我出生入死，才値一個月中飯？」楊中和不得不承認，眞是個令人心動的謝禮。

「一個月便當跟飯後點心。」吳同學加碼了。

楊中和拒絕如此優渥的封口費，不惜事後被他兩個好朋友發現追殺，因爲他想到更値得下注的東西了。

「等到我成爲媒體工作者，你要讓我無條件採訪。」

吳以文瞄了下後照鏡：「班長，我只是隻普通的小灰貓。」

楊中和也不知道自己哪來的自信，堅定斷言：「吳以文，你不會是普通人，現在就不是了。」

以後，也絕對不是。

送班長回家後，店員認命回到古董店面對店長的怒火，銀色機車在社區轉了兩圈，才敢駛向古董店門口。

似乎發現到什麼，吳以文在店門前三公尺急忙跳下車來。不是古董店著火或是發生核爆，而是外表端莊美麗的店長大人站在門外的青石地上，一身素白的中式長袍，單手撐著油紙傘，鳳眼婉婉半垂。

「你這個笨蛋，還捨得回來啊？」

吳以文站定在連海聲一尺前，怔怔地望著店長，看起來有點生氣，但又不全然是憤怒的情緒，以為眼前的美人是大氣折射的海市蜃樓。

「老闆……沒有吃藥……」

油紙傘馬上甩向那顆震驚不已的笨腦袋，雖然被他閃過了。

「我只是剛好要出門，才不是特地來接你。」

連海聲接到線民消息時，只想掐斷他店員的脖子，辦件小事也能被天海幫主看上，看上就算了，還去挑釁人家，給那些黑社會一個深刻到不行的印象，以後被找上的機會大幅提升。

黑道可以合作，但絕對不能成爲他們的一夥。雖然這也是大宅子的爛規矩之一，但連海聲一定要防止深受黑道喜愛的笨蛋店員往暗路走去。

「還發什麼呆？把車停好，快進來。」

連海聲似乎忘了自己剛說要出門，收了傘，回頭推開琉璃大門。

吳以文追上去拉住連海聲的指尖，不過幾步的距離，店長一到櫃台就坐，店員便放開他單方面牽著的手。

「這你也滿足？」連海聲斜眼以對。

吳以文用力點頭。

「最喜歡老闆了。」

「笨蛋。」連海聲戳了戳那顆一日不見如三秋兮的腦袋瓜。

六、美少女與小動物

星期二午間休息，一年級教室長廊上，兩位正值青春年華的少女，分別抱著銀灰色封面的劇本和粉紅小花布日式便當盒，一路說說笑笑。

右手邊的女同學身材豐腴，有雙觀察力敏銳的眼眸，十二班女生團都願受她指揮的唐棠小姐；而左手邊是位已經害十來個男孩子回頭相撞的笑臉小美人，人稱校花小甜甜。

丁擎天烏黑亮麗的馬尾甩啊甩著，唐棠不禁伸手摸了一把。

「妳到底是看上那個自閉症哪一點啊？」

唐棠忍不住爲她的姊妹淘抱不平。在她實事求是的眼裡，某人不過是個臉部神經壞死的男孩子，成績中下，家世不清白，也不努力在高中生活拓展人際關係，胸無大志的傢伙。

校花羞澀的杏眼眨了眨，不好意思得可愛，又電死旁邊一票異性生物，預估接連一個禮拜情書會暴增。

「吶吶，聽說女主角可以摸小獅子的耳朵耶！」

暗戀果然是盲目的，糖糖小姐救不起深陷泥沼的好友。

冷不防，轉角衝來人影，眼看對方就要撞上來，丁擎天爲了保護好友唐棠，反射性甩上她美麗的長腿。

「甜甜妳這樣會死人的！」糖糖負責尖叫。她和校花認識的契機，就是一年級時每個人要填寫資料卡，她負責收齊給老師，而班上最漂亮的女孩子在興趣一欄填上「自由搏擊」，超令人印象深刻。

沒想到來人直接把懷裡的巨大便當拋上空中，側手俐落擋下平常人必躺保健室的一擊，緊接著左腳一記旋踢補上，使得校花小姐不得已收回連續腿技，後退一步。

吳以文牢實接住降落的便當，丁擎天不由得對上那雙日思夜想的橄欖圓貓眼。

「吳同學，你不知道走廊上不可以跑步嗎？」唐棠扠起腰，嚴肅斥責發呆似的小獅子男孩。

「這是競走。」吳以文澄清道。

「糖糖，我想，的確是競走。」丁擎天露出百分百花痴的笑容。

「妳這個見色忘友的傢伙！」唐棠忍不住扭緊甜甜漂亮的臉蛋。「我們剛好要找你，一起走吧！」

吳以文點頭，爲了配合女孩子而慢下腳步。

入學快一年了，終於進展到並肩行走的朋友階段，丁擎天開心地在一旁小跳步，唐棠忍不住扒住臉，眞想逼問好友：妳的少女矜持呢！

「以文同學，可以和你說話嗎？」機會難得，校花揚起憨傻的微笑。

吳以文抱著大便當默許。

「你喜歡什麼樣的女孩子？」丁擎天微傾身子，杏眼水亮地望著男孩。

「甜甜，妳不要才認識就投直球……」身爲好友，唐棠一直比別人都要來得明白校花是個笨蛋，到現在都沒有男朋友就是因爲她笨得太難追了。

「長頭髮，眼睛很大，孤僻的學姊。」

答案很明顯了，吳同學把丁小美人作給他的球一口氣打成界外全壘打。

「呀，我除了『學姊』那一項，其他都符合耶！」丁擎天一臉驚喜地向唐棠報了喜訊，唐棠哀莫大於心死。「這讓我想到天海的孫千金，二年級資優班的學姊，平時神龍見首不見尾。我小時候參加五大幫的聚會見過她，她看起來雖然冷冰冰的，但曾教我怎麼上網又幫我綁馬尾，人很好的一個姊姊！」

唐棠不知道該怎麼封住丁擎天那張嘴，隨便聊個天也能洩露她不見光的黑道背景，以爲每個人都能接受黑社會嗎？

「學姊眞的很好！」吳以文正面肯定校花的意見。

「對嘛對嘛！」丁擎天以爲她找到了人生的知音。

他們漫步到學校後方的青草地，那裡已有兩個不世出的美少年等著。吳以文一到定點，童明夜和林律人立刻撲向他們的孩子，以及營養午餐。

校花開始緊張起來，看她兩位世伯拿開山刀對砍都沒這麼緊張。她解開手上的花布巾，裡頭是一藍一紅的情侶餐盒，是她照著臨時收集的少女漫畫做出來的愛心便當，希望能傳達偷偷喜歡的心意。

同時間，吳以文搶先一步打開中式繡花包袱，是一大盒炒飯，樸實卻香味四溢。

「有事。」爲簡陋的午餐做解釋。

童明夜知道吳以文口中的任務和自己脫不了關係，爲了賠罪，他趕緊搶過飯匙拚命幫大家添飯，沒想到飯盒下竟然還有四個密封的排骨湯罐，他感動得幾乎流下淚來。

再怎麼忙，小文文心肝也不會鬆懈他的養貓大業。

「不管小文煮什麼，爸爸都喜歡，你的手藝是神的境界啊！阿人，你不吃的話，全給我喔！」

「誰不吃，都是我的！」林律人抓著碗筷，死命盯著校花和吳以文的距離，某種病症眞是愈發強烈。

唐棠啃著減肥蘇打餅，冷眼旁觀所謂的倒三角關係。

「可以吃一口嗎？」丁擎天看到這堆晶瑩飽滿炒飯的衝擊，絕不是旁人想像得來。

主廚點頭，童明夜很樂意地把屁股挪過去，親自餵食可愛的小美人。

校花吞下蝦仁炒飯，咬緊水嫩的唇，不讓淚花滾下來。這根本不是她不夠鹹還有點焦的便當比得上的，她還以爲所有高中生都會讓廚房爆炸兩次。

遭此挫敗，丁擎天把粉色雙便當往背後藏了起來，唐棠只能無奈嘆息。

「這是甜甜爲你做的，難吃也要收下來。」糖糖把便當從校花屁股後抽出來推給吳以文，省得自己吃到。

吳以文看著吃了炒飯就哭出來的丁擎天，把手中的空碗遞給她。校花梨花帶淚，怔怔地回望過去。

「交換。」

丁擎天感動地遞出自己的心血結晶，接過有貓咪圖案的精緻陶碗，然後立刻從童明夜手中搶走飯匙，趕緊把碗塡滿炒飯。

啊，被馴服了。唐棠小姐咬著無味的餅乾，看在人家會煮飯的份上，稍微替吳以文加分。

林律人鄙夷地看著吳以文手中不怎麼樣的醜便當，挾了裡面最漂亮的小香腸，滿臉痛苦地吃下去。

「難吃死了！」

「阿人，不可以變成妒婦啊！」童明夜扒完第二碗，也過來湊熱鬧，挖了小便當的玉米蛋，臉色一變。「眞、眞是令人驚奇的味道……」

吳以文默默吃著，吃到見底，跟平常的平常沒有兩樣。唐棠看了不得不再打上讚賞的星號，毫不囉嗦扛下少女的黑暗料理，這才叫男人啊！

而校花正用她消化器官的優勢，努力消耗吳以文親手做的糧食，林律人的嘲諷和敵意都無須在意。

「以文同學。」

吳以文打開另一個小花便當盒，順著丁擎天無比正經的呼喚看過去。

「你是否覺得照顧另一半也包括提供她的食宿？」校花正襟危坐，杏眼閃動銳利的光芒。

「甜甜，不要幾碗飯就把自己賣了！」糖糖掉了滿地的蘇打餅乾。

吳以文點頭。

「那麼……」請你嫁給我吧！不對，請讓我成爲分擔你憂愁的女人！丁擎天憋紅整張臉，想不出比較正常的告白台詞。

「以文，請讓我成爲分享你喜樂的男人！」林律人猛然抓住吳以文的雙手。

「阿人還有別人在呀！你不要突然發作！……阿文！不可以點頭啦！你一點頭就要姓『林』了！」童明夜飛快摟住吳以文就要應予終身大事的脖子，三個男的又抱成一團。

就知道他們有一腿！唐棠同學一定要把一等中最大姦情寫進校刊裡。

酒足飯飽後，三名校園人氣偶像直接上場讓新人觀摩，沒有序幕的龍捲風，略過女主角發生的衰事，直接來到稻草人登場劇碼，第二幕。

「Action！」

稻草人（林律人飾）白皙的雙手被反捆在木樁上，柔美的秀髮凌亂散在俊逸且帶點媚色的臉孔上，蒼白的嘴角有被刑求過的痕跡，單薄的襯衫被人蠻橫扯開，細瘦的腰身若隱若現，低著頭，無法行動的他像是在等待某人出現。

突然，他抬起臉，矇矓的雙眸多麼渴望來者的溫度。他微笑，有些沙啞地祈求：

「少女，請來解救我吧！」

第四幕，森林的大雨。

錫鐵人（童明夜飾）單膝跪在寂寥的濕泥上，水滴隨著浸濕的劉海滴落，兩手緊握鏽蝕的長劍，額頭倚著劍柄，雙眼半闔著，像是咒語停止他所有時間，一具空蕩的軀殼。

倏地，他睜開深邃的黑眸，望著對方的目光，溢著言語無法形容的哀傷。

「少女，妳能給我心嗎？」

「哇哈哈，我覺得不太一樣耶！」校花捧腹大笑，她抱著的那本桃樂絲台詞，明明就像從網路上隨便抓下來的一樣普通。

「你們確定是去演戲而不是爲了引起暴動！」唐棠捂著快噴血的鼻子大吼，這根本是滿足少女妄想的牛肉場！

第六幕，可愛小動物。

兩名女性觀眾眼睜睜看著現年十六的高中生男孩小跑步過來，翻身一躍，直比奧運體操金牌的身手凌空轉了二圈，再單手上舉，完美著地。

「嘿！」少年低著頭，發出朝氣十足的輕揚童音。睜大明亮眼珠，近距離向觀眾們靈動地眨了二下，露出一雙潔白小虎牙。

「我是一隻獅子，吼、吼、吼——」

兩個男的忍不住撲過去，還亂沒形象地夾著吳以文磨來磨去，表演一時中斷。

「阿文/以文！實在是太可愛了！」

旁觀者唐棠小姐完全傻眼。她收回前面的評價，他們從頭到尾只想滿足自己的慾望，絕對沒錯！

「甜甜！妳站起來幹嘛！」

「怎麼會這麼Q呢？」校花就要被小動物的無底洞魅力吸引過去了。

糖糖小姐搶過劇本，上膜的高級銀白色封面寫著「綠野仙縱」四個燙金的大字，附加一行小小的標題「桃樂絲與她三個男寵的故事」……

「是誰？是哪個傢伙編的劇本？」莫名惡寒襲向全身，唐棠忍不住舉手發問。

林律人還攬著人家的手臂，緩緩轉過白皙而細緻的臉孔。

「有什麼問題嗎？」林律人鏡片閃過精光。

「甜甜我們快走！這裡不是人類待的地方！」糖糖拉著甜甜，試圖把校花公主帶離是非之地，奈何丁擎天還是閒適地坐在三名美少年包圍的魔龍惡谷。

「糖糖妳太緊張了啦，其實還滿有笑點的呀！」校花燦爛笑道。

「對嘛對嘛，擎天小姐眞是好眼光。」童明夜回以陽光笑靨，一邊和林律人展開發呆小獅子撲抱的爭奪戰。

「那麼魔女、奧茲大王要由誰來演？」校花一定沒看過小喵喵話劇團的演出，竟然在張望其他的人馬。

「那不重要。」林律人冷淡地說，符合女生們心中「冰山王子」的形象。

「就四個？」校花想像現場實況，整個遼闊的舞台只有她自言自語，開始不規則抽氣。

「就四個。」童明夜溫柔地向她點頭，「我們三個都可以了，只等和女主角對戲。」

「沒有托托？」吳以文睜大眼問道。

「以文，目前還沒有合適人選。」林律人頂著氣質滿分的無框眼鏡，抱歉一笑。

「阿文，你也知道我是體育班的，那些傢伙預定做猴子軍團，哈哈哈！」童明夜笑出十分乾澀的聲音。

吳以文低下頭，四周陽光都跟著黯淡下來。

丁擎天抓緊面紙包，杏眼都快心疼出淚水，看向她快受不了的好朋友。

「糖糖，上！」

所有人一同把注意力轉到局外人唐棠小姐的身上，她沒想到竟被好友出賣，更無法忍受吳以文那雙殷切的橄欖圓眼睛。

「身爲人類的尊嚴，休想叫我演這種阿里不達的東西！」唐棠忍無可忍，失控吼出眞心話。

吳以文站起來，轉身就跑。

「我去找『牠』！」

沒多久，吳以文火速捕捉到慘叫連連的候選小貓，從操場一路衝過來。林律人調整眼鏡，側肘頂了下發出詭笑的童明夜。

「我還在寫班級公約啊，你又在打什麼主意啊，放開啦我快脫臼了——！」楊中和從十三班教室掙扎到後校舍草皮，完全是無謂的抵抗。

唐棠暗中記下祭品一名。

「中和同學，你好。」校花認識十三班出名的任勞任怨班長，微笑以對。

「你們好。」楊中和發現場內有可愛的女性，立刻止住叫聲，同時間也收到旁邊兩名小帥哥爆表的殺意。「吳以文，你到底想幹嘛？」

「班長，托托。」吳以文晃了晃手裡不知從哪蹦出來的白色貓耳。「衣服做好了。」

「哈哈哈哈！」楊中和早知道被看光過的他一定會有今天，他同學心機怎麼那麼重啊！「我根本不適合去演精神異常的話劇，也絕對不演狗和貓之類的玩意！」

「你這是，瞧不起我們嗎？」林律人露出上流社會的微笑。

「楊同學，我們眞是越來越欣賞你了。」童明夜撂下清新宜人的威嚇。

楊中和慘白著一張臉，奈何罪魁禍首還不打算放過他。

「班長，一夜夫妻百日恩。」吳以文雙手握著白耳朵，略長的髮梢遮不住閃閃發亮的眼，期待對方套上舞台裝一起跳大腿舞的那天。

完了，一切都完了，他怎麼會以爲回來後就不會再衰了？楊中和看著有錢少爺和痞子混混一同起身，走過來一人一邊搭上他的肩膀，他深感末日來臨。

「請解釋『一夜夫妻』？」兩大氣質迥異的美少年面對觀眾都還沒有如此燦爛地笑

過。

「請容許我拒絕您們的厚愛！」楊中和覺得只要吳以文一轉頭，他就會被秒殺掉。

「竟然趁我們不注意對我家的小文文下手，向天公借膽嘛！」童明夜輕輕刮著驚恐不已的十三班班長的耳梢。

「你敢在我視線可及的地方碰到他的頭髮、他的指尖、和他眼神交會、說半個字，就從世界上消失吧！」林律人溫和而殘酷地警告一聲。「當然，我看不見也不可以。」

「阿人，你太強人所難了啦！他就坐在阿文後面耶！」童明夜微笑看向楊中和，做出劃脖子的手勢。

小和班長抖得像初春被寒流逆襲的毛毛蟲。

「糖糖，他們感情眞好。」校花完全狀況外。

「甜甜，拜託妳，那根本是校園霸凌。」

就在楊中和九死一生的時候，有個不足一百六的嬌小男孩子，大老遠在操場另一邊扯開嗓門大喊：「吳以文，爲什麼我每個星期六下午跑去你店裡攔人都沒成功過！」

林律行，林家二少爺，在他順遂的大好人生裡，只有身高和吳小店員不受他掌控。

「阿人，你哥怎麼來了？」童明夜推開大鬆口氣的楊中和，長腳一跨，坐到友人身邊。

「反正都是敵人。」

林律行昂首環視在場的閒雜人等，發現他的乖乖牌表弟跟校花美女，還有一地的杯盤狼藉。

「律人，你終於交女朋友了！」林律行沒頭沒腦的話一出口，童明夜就爆笑出聲，然後被林律人一拳揮過。「家裡都謠傳你跟學校兩個不明不白的男人搞gay！連大伯也關心起來。哦，這個看起來很順眼（校花皺了下眉），要帶回家向律品炫耀喔！啊，那些蠢話好像都是他傳出去的……」

「阿文、阿文，你趕快猜是哪兩個不明不白的男人？」童明夜跑過去把吳以文拉到他們的小圈圈裡，林律人抱住人家的手臂。

吳以文困惑地問：「搞gay？」

「孩子，這以後我們再慢慢教你。」童明夜道貌岸然地說，林律人會意後，露出含蓄的微笑。

楊中和與唐棠小姐對他們三個傢伙散發出來的神祕磁場，感到一陣惡寒。

「你們在排戲啊？」林律行沒再追究表弟的感情世界，拿起草上的劇本，隨手翻了幾頁。「綠野仙蹤？這個故事很可愛，你們要加油，不過人數怎麼那麼少？」

「我不是，不要算我。」楊中和努力揮散旁邊強大的小動物電波。

「律行學長。」吳以文加敬稱呼喚著，「你是托托B！」

「啊？」林律行還在想像對方演小獅子的樣子，腦筋沒轉過來。

「阿文，你說話要附上動詞跟形容詞啦！譬如：『小行行學長，請你當我們的小寵物！』」

林律人看來有些勉強，但還可以接受。

「你出來。」林律行了解了，扯開制服的細領帶，傳喚吳以文。

吳以文聽話來到林律行正前方，垂著平靜的睫，拂開額前的劉海。

兩人二話不說，直接開打起來。

林律行挑戰人體極限的一百八十度，垂直地心的上旋踢一把掃過。

「去你媽的！想要我演狗，沒那麼容易！」

吳以文側身空翻閃過凌厲的一擊，著地，抓住不及轉身的空隙，皮鞋下壓的力道把青綠的草皮劃出傷痕，反手襲向對方的下盤。

「托托是貓！」

林律行以迅雷般的後踢招呼過去，被人逮住腳跟轉而凌空轉身，柔軟的身軀由劣勢的下方甩上來，雙手扭住吳以文的頸子，一同往右方倒下。

吳以文單手一撐，側肘憑空定點，直往林律行胸前推去。林律行連續後翻兩圈，拉開攻擊距離。跆拳黑帶和警界體技流派的兩名少年，回到一開始對峙的畫面。

「阿人，你表哥很不簡單，難得看到阿文拿出正統的架式跟人打。」童明夜悠閒地當起鑑賞人。

「我還是去學點防身術好了。」林律人盯著打得難分難捨的二人，可以說是某種程度的「肌膚相親」，手邊的小草都被他拔起來了。

「能不能跟我切磋一下？」丁擎天目光沉醉不已。

楊中和則是在後悔國三時在志願卡填入一等中的剎那。

當林律行滿頭小草地從地上爬起，午休時間也快結束了。他那張國中生的娃娃臉滿心不甘地瞥了下無敗績的小學弟，臉頰稍稍鼓了起來。

吳以文正大光明把白耳朵套在手下敗將頭上，女生們低呼一聲，眞是說不出的合適。只是這隻「托托」很消沉，就像半年前被不明人士斷了手腳癱在病床上一樣僵著臭臉。

「有進步。」吳以文用他恍神的臉說道。

林律行隨即抬起頭，漾出怎麼樣也算不上帥氣的笑容，沒注意到自己頭上還戴著近乎凶器的貓耳朵。

「因爲我每天都有練習！」預定的學長貓咪發出誇耀的語氣。

「好乖。」吳以文順著對方的意誇獎一下。

「阿人，你們林家的人都怪怪的……」童明夜不曉得人家對吳以文用情之深成這樣，天天都想他耶！

「閉嘴！」林律人側手肘擊慨嘆的混帳。

林律行小學長扠腰說他要回去唸書，二年級模擬考將至。托托的事，他會愼重考慮，然後心情頗佳地散步回去。

「星期六要跟我出去玩喔！」林律行不忘對吳以文撂下一句。

「他答應要演了。」林律人身為好表弟，爲單純如斯的表哥翻譯。「以文，那我下星期六。」

吳以文只是望向隔了一座操場的校舍樓頂，又給他們一眨眼跑不見了。

答答答，這次男孩溫柔地牽了個披頭散髮的少女回來，吳以文手中提著人質一般的筆記型電腦，陰冥猙獰地捏著他的後腰肉，他都不眨一眼。

「學姊，要不要當小仙女？」吳以文握著陰冥纖長的手指，小弧度搖來搖去。

丁擎天倏地站起身，指著宛如幽靈的長髮學姊。

「陰、陰、陰姊姊！」

陰冥幽幽看過去，好像有點頭致意一下，又好像沒有。

丁擎天看著吳以文自然而然地握住人家的手，而她卻連片指甲都沒摸到。童明夜陪笑過去安慰她，校花卻機動性很高地哭著跑走。

「我不知道他已經死——會——了——！」

「甜甜！」唐棠追了上去。

「我也不知道……」林律人的打擊不亞於小甜甜校花。

童明夜苦笑，但他也只能在沒人發現的角度向陰冥行禮。

「看我幹嘛？你還不知道你有多罪惡嗎？」楊中和冷冷回應吳以文拋來的問號。

話劇練習持續著，梅雨季也一道開始了。

毛毛細雨，增添幾分綠地的迷濛，但坐下去鐵定會濕了小屁屁，對於等一下還有四節課要過的學生，只好把舞台移至雪白的司令台。

「討厭啦～這個龍捲風，怎麼那麼愛欺負人家～」

校花用蓮花步一路小踮腳尖出場，裙襬用手動的方式掀得飛來飛去，再怎麼技巧性遮掩，在場的三名男士也知道她今天的內褲是小粉紅色。

她抓到他們劇團的精髓了——賣弄美色。

「怎麼樣？」丁擎天從容不迫地解決女主角第一幕的獨角戲。小跑步撲過來，擠進三人的小圈子裡，微笑、眨眼、放秋波。

吳以文制式性地拍手，馬上被身旁兩人拉到後面去發呆。

「小、小甜甜小姐，妳一定要節哀順變。」童明夜覺得校花打擊太大了，所以腦袋故障了。

林律人對於她還敢來面對吳以文這件事，由衷敬佩她一下下。

今天唐棠和楊中和班長被廣播叫去開學生幹部會議，對他們來說，無疑是老天讓他們少被這些人荼毒一次的恩典。

「以文同學！」校花甜孜孜地呼喚，上翹的睫毛襯著明亮的杏眼。「我們來練習第七幕花式空翻那裡吧！」

第七幕一直被不在場的觀眾評爲險惡的編劇謀害女主角意外死亡的陰謀。

林律人（總編劇兼音樂指導）打量丁擎天的笑臉，目前還猜不透她的鬼主意。

「如果成功，明天可不可以幫我加菜，點心也可以。」丁擎天雙手交握請求著，吳以文點頭。

爲了吃，拚了！

「我去向教練借軟墊。」童明夜是世上最明白編劇最毒婦人心的人，卻被丁擎天以時間有限拒絕了。

「夜，危機是最能激發人體潛能的動力！」校花如是說，可是童明夜認爲她眞的完全壞掉了。

「阿文，你要小心喔！」結果童明夜不小心說出眞心話，一切都是爲了小獅子的安危啊！

「喝啊！上囉！」校花運行全身眞氣，三步併兩步助跑而來，前腳猛然一蹬，水準十足的一個跳躍，雙手抱胸空翻，一圈兩圈，第三圈來個大迴旋。

老實說，林律人寫這個奧運體操只是出於本身的惡趣味，沒料到有人可以活著完成它。

接下來，護花心切的小獅子就要上前攔腰橫抱，英雄救美，一起完成北方魔女對他們一行人的考驗。本話劇從第九幕後，就飛也似地跟原作脫節。

結果，吳以文似乎錯估女生前後重量的比例——他數學一直很差，抱是抱到了，不過沒法子克服失衡的地心引力，兩人就這麼一上一下撲倒在水泥地上。

童明夜好不容易救到吳以文那顆呆呆的腦袋。可是那二人的情況不是很好，應該說，眞是糟透了。

「妳想對我的以文做什麼！」林律人頂著眼鏡，疾言厲色快步走來。

校花把可能腦震盪的頭抬起來，要是她都這樣了，那底下的人不是更嚴重嗎？不過清醒才知道，原來昏厥是多麼幸福的一件事。

她的臉剛剛整個埋進他的胯下。

「阿人，說穿了，都是你不好。」童明夜嘆口氣，先把格子裙大敞、還坐在吳以文臉上的校花抱走。

「以文，你有沒有怎樣？」這是個陽盛陰衰女人消失吧的世界，林律人眼中只有慢動作爬起來的男孩。

吳以文搖頭，依然是泰山崩於前不改色的死人表情。

「阿文，別這樣！」童明夜一邊搖醒丁擎天，一邊憂心忡忡地盯著吳以文。「身為一名健康可愛的十六歲少年，你好歹要叫聲『非禮啊！』才對嘛！」

吳以文恍神以對。

「阿文，你這樣對可愛女性的性騷擾不聞不問的樣子，會激起旁邊那個肖想你很久的傢伙，深藏於清秀臉孔下的變態欲望……林少爺，你幹嘛踹人家！」童明夜無辜叫屈，都沒發現他一提「性騷擾」，丁擎天捂臉猛搖的模樣。

「你欠揍。」林律人冷笑以對。

吳以文在這團混亂中默默打開悶熟的便當。中場休息時間到了，頓時所有人丟開所有不愉快，捧著碗排隊添飯。

「阿文，好愛你喔，來，親一個！」童明夜對鹽酥雞丁的感想。

「以文，我的心裡滿滿都是你的味道喔！」林律人推開童明夜，接著抱上去。

「我要肉最多的那塊……」丁擎天遠望天邊，離她能和他親密接觸的日子，似乎還好遠好遠。「飯多一點，嗯，再來一匙……」

吳以文幫一等中的校花校草們添好餐點，托著貓咪碗筷，對著操場的小草發怔，整個人無精打采。

「阿文一下雨就會冒鬼火。」童明夜小小聲地向校花解釋一下。

「好像失寵的小貓咪。」丁擎天的眼眶不禁紅了。

「很想疼惜他，對不對？」童明夜在吳以文背後，做了個擁抱的姿勢，丁擎天用力點頭。

林律人已經不想管這對裝作剛認識實際上交情匪淺的狗男女了。

「以文同學。」丁擎天忽然柔聲地說，她想到可以讓對方振作一點的事了。「我聽說過一些你家的事，你的父親眞是個了不起的人。咦，怎麼了？爲什麼盯著我看呢？」

林律人和童明夜的臉色都非常怪異，害校花摸摸自己臉上是不是有肉汁。

「他在東聯和西幫起事的時候，獨自衝進去逮住鬧事的首腦，救了很多人。辦案乾脆俐落，身手超群……你們怎麼看起來像聽外星語，這件事很有名啊……啊，我們那邊很有名……唔，以文同學，爲什麼你也一臉迷惘的樣子？」校花皺起細秀的眉頭。

「那是師父。」吳以文說。

「你不是吳韜光的兒子？」

這時候，童明夜也知道該把校花拖走了。

「師父是監護人，我沒有爸爸。」吳以文補上很輕的一句，再也沒有出聲。

丁擎天看著他，連一句「對不起」也擠不出來。

七、老闆、師父、大叔

自從司法院長被黑道挾持，忍辱負重逃出生天的嚴清風大法官負傷趕來安撫人心的消息曝光後，莊嚴的司法院大庭就連腳踏車也擠不進去。但一連數日下來，嚴清風一下班就會神祕消失在記者們神通廣大的鏡頭前，這種超自然現象，使得執法單位不得不正視警方快破產的威信。

市分局只能派出他們家的人間凶器來鎮邪。

於是警界有「鬼見愁」之稱的吳警官坐在法院側門台階上，不理會鬧哄哄的外界，只是眼神凶惡地捧著他的待熟泡麵。分局長叫他一定要便衣監視，他只好把家裡的藍底襯衫、牛仔褲和夾腳拖鞋穿出來。

三分鐘，麵好了。吳韜光抽起腰上的自備鐵筷，呼嚕嚕吃著豬食般的充飢食品。都怪他家女人跑去自助旅行，每天都要跟超商便當打交道，還得忍受女店員暗潮洶湧的目光（請給我電話），想著想著，心裡就很火。

如果這次出事的大官不是嚴清風而是其他雜碎，吳韜光絕對先潛進去痛扁那個害他出來被女記者不停騷擾的該死蠢貨，又不是他自願長得帥。

他兩三口呼嚕吃完只能塞牙縫的泡麵，俊臉隱約浮現中年男子的滄桑。他已經三天沒好好吃過正餐，廚房對他來說是另一個遙不可及的世界。

「該死，肚子好餓……」

就在這時，嚴清風出現了，很矮的小老頭，目標十分明確。吳韜光英眸鎖定白頭矮子的行蹤，也發現潛入記者群的賊人。那人無聲無息，如同深海白鯊，一出手，快狠準抓住嚴清風的手，排山倒海，溜出重重人牆。

「原來是你！」

聽見這聲宛如血海深仇的吶喊，吳以文扭過頭，僵住零點一秒，隨即拉著嚴清風拔腿狂奔。

嚴清風覺得他會死，他一定會被風吹飛，「哇啊啊～」慘叫中，拚死邁開腳步。即使他們跑得很快，吳警官矯健的身影還是追了上來，一邊跑，一邊脫下他的夾腳拖鞋，往男孩投出殺死人的變化球；嚴清風眼睜睜看著他可愛的孩子活生生被夾腳拖打掛在地。

吳韜光臉不紅氣不喘地踩上吳以文瀕死的背，露出勝利的笑容。

「吳警官，你怎麼會在這？」嚴清風看著警察先生一副休閒的模樣。

「來保護你啊，廢話。」吳韜光單手拎起沾滿濕泥的被害人少年，吳以文就像塊破布癱死不動，被無情地銬上手銬。「抓到正好，來，跟我回家煮飯！」

吳以文掙扎不已：「老闆還沒吃！」

聽到這話，吳韜光目光一凜，手下更用力了。

「他是你師父還是我是你師父，給我走！」

嚴清風看著他可憐的孩子為了掙脫吳警官的禁制，狼狽地扯紅自己的手腕，跟他想像中父子團聚的場面完全不一樣。

「風風，救我……」吳以文已經被拖過斑馬線了。

聽著小朋友無助的呼喚，嚴清風腦子一熱，衝上前去。

凌亂的銅鈴聲響起，連海聲放下別人三跪九叩拜託他的緊急文件，垂至腰間的長辮甩向背後，交扣十指撐起秀美的臉孔，對來者擺出最優雅的挑釁姿態。

「以文，我有說可以撿垃圾回來嗎？」連海聲在吳韜光的怒視下，勾起魅惑的笑容。

嚴清風三勸四請才讓倔得跟水泥牆一樣的吳警官同意來古董店吃晚飯，可是這番好意就快被店長請人打他的高傲眼神弄得前功盡棄。

「連先生，他們難得父子團聚，你別這樣……」嚴清風話一出口就知不妙。

「法官大人，自己的保鑣管不動，管別人家閒事倒是很在行嘛！」店長發出輕揚的笑聲，大叔背脊一陣發寒。

「老闆，我去煮飯。」吳以文頭低低地穿過店長所在的櫃台，吳韜光大步跟在他後頭，相扣的手銬叮噹作響。

當吳警官經過店長大人身邊，兩人近距離對看一眼，眼中有旁人無法解讀、屬於成年男子們的愛恨情仇。

「連先生，冒昧請問——」嚴清風跳上連海聲對面的無腳高椅，兩手撐著核桃木桌。

店長展現自己對店寵應有的姿態：無視，繼續翻動在延世妍手上出了差池的協貿書。

「那孩子是不是跟養父不親？」嚴清風瞄了後頭一眼，後面隨之傳來男人大吼的雜訊。

——看起來沒什麼嘛！菜刀給我！……我說給我！我又不會劈了你！喝啊！

連海聲對廚房砧板斷成兩半的噪音聽而不聞，拿起紅墨水筆，像批改小學生作文用力圈起關鍵性的錯誤，然後拿起整疊礙眼的破文件狠狠扔在地上，嚴清風被嚇到了。

店舖一片死寂，更加襯托出後頭小廚房的喧鬧。

——你做什麼？……把骨頭去掉？……是男人當然要大口吃肉大口喝酒！拿過來，我直接丟進鍋裡……你躲什麼！……好啊，看來是帶你去修行的時候了，看我的鐵砂掌！嗚哈！

小店員發出一聲貓叫似的哀鳴。

嚴清風就算沒去刺探情況，也能想像男人追著少年那盤雞腿肉跑的畫面，而且兩人銬在一起，根本只是另類狗咬尾巴。他看向不發一語、沉默到令人膽寒的店長，好像看到那張白皙的臉上浮現青筋。

「你生氣了？」嚴清風戰戰兢兢地問著，不自覺模仿起小店員瑟縮的口氣。

連海聲俯身把國家機密資料撿起來。

「不要生氣啦！」大叔已經在反省把警界出名的人形破壞機帶來古董小店一事。

吳警官的大嗓門仍往櫃台朗朗發送——我知道，這是海鮮湯嘛！簡單！就是一口氣嗚啦啦把料加進去！……你拉我袖子幹嘛？想決鬥嗎？很好，把螃蟹放回去，看招！

廚房再次傳出疑似爆破的音效。

「老闆……」

「你叫那死人妖有什麼屁用，他哪一次管過你死活了！」

嚴清風看連海聲終於受不了了，一把挽起襯衫袖子，起身去跟吳警官拚命，他趕緊小跑步跟去阻止。

原本店員精心打理的廚房狼藉一片，吳以文抱頭縮成一團，好不可憐。連海聲看得火氣上腦，右手揮拳打向吳韜光，被抓個正著；又揮出左手，這次也一樣被牢牢緊握住細腕，怎麼也掙扎不開。

「你這個肌肉白痴，放開我！」

「你一來就發動攻擊，要我怎麼不防禦？」吳警官濃眉皺起，一臉莫名其妙。

「那個笨蛋是我養大的，你有什麼資格對他大呼小叫、動手動腳！」連海聲瞪大鳳眼，雙頰因為激動泛紅一片，任憑吳韜光自認是修練過的武林高手，也不由得看得出神，想起這美人有雞雞又嘖了聲。

吳以文好不容易才把連海聲細皮嫩肉的玉手救了出來，結果連海聲發不出的怒火全倒回店員身上，雙手擰住笨蛋的腦袋。

「說到底，都是你的關係，賠錢貨！」

「為什麼你能打我不能打！」吳韜光看得很不是滋味，也扒住小徒弟的頭不放。

「老闆、師父，不要吵架。」吳以文整頭軟髮被抓得一團亂。

眼下情況就像嚴清風在民事庭常見的失和夫妻，可憐的孩子夾在中間，兩邊不是人。好在連店長體力很差，吳警官也餓得不能再餓，在吳以文被蹂躪成破布前，總算放開在場唯一會煮食的男孩子，解了手銬，命令他快點把晚飯弄出來。

嚴清風看不過去，把兩個大人帶到店前，板著老臉說教一番。

「你們這樣哪有為人父母的榜樣？想想你們在他這點年紀的時候，希望雙親如何對待自己？同理心啊！」

「我十四歲父母就因公殉職。」吳韜光老實應話。

「我沒有你所謂的至親。」連海聲回以一雙冷眼。

嚴清風張了張嘴，要責備也不是，只是惋惜那麼一個愛撒嬌的孩子卻碰上兩個不懂憐幼的長輩。

廚房飄來炒菜香氣，兩個死對頭才安靜下來。沒多久，吳以文端來豐盛的魚燴菜蔬，擺滿核桃木桌，依序呈上三付碗筷，把托盤按在胸前鞠躬，功成身退。

「文文。」連海聲百花齊綻般呼喚道，伸手挽起吳以文滑下眼前的劉海。

吳以文定睛望著像是換了魂的店長，這麼溫柔說話除了算計他，一隻手六根手指數得出來。

「什麼事，老闆？」

「今天晚餐又辛苦你了，看起來真好吃，就像昨天前天和大前天一樣豐盛。」連海聲綻出足以傾倒城市的微笑，吳韜光聽得憤恨咬牙，他昨天前天大前天都被家裡的女人拋棄了。

吳以文默默低下頭來，搖了搖，這不算什麼。

「小文，再盛碗飯，過來一起吃啊！」嚴清風親切招呼著。

吳韜光瞄過一眼，用沒有惡意卻像責備人的聲量喊道：「呆什麼呆？一起吃啊！」

吳以文手足無措地退開半步，往連海聲身後縮去。連海聲不像平時支開他去泡茶，冷淡地附和：「你怕什麼？過來吃。」

嚴清風以爲小店員會很高興能有和店長大人親近的機會，吳以文卻摔下托盤，像是強忍著什麼痛苦，弓起背脊蹲下。

「小文怎麼了？不舒服？」最先反應的是嚴清風，搶先一把撐起吳以文的肩頭，吳以文竟用某種抽離的眼神看他。

「不是……我沒有生病……還能使用……」

「快叫醫生！」嚴清風緊張地指示另外兩人，連海聲和吳韜光的反應卻比他鎮定許多，好似已經習慣吳以文失常的反應。

「你叫白袍大夫來，他會崩潰給你看，什麼都不知道，只會說一些冠冕堂皇的屁話。」連海聲一把拉起吳以文，才想著要怎麼拉回男孩的意識，吳韜光就一巴掌過來，把店員整個打懵了。

「他發神經，很簡單，用力打醒就好了。」

吳韜光口氣那麼輕鬆自信，連海聲都想相信他的「偏方」，只可惜吳以文沒有因爲那麼一下變回過去那個愛笑的孩子，眼中盈滿恐懼。

連海聲雖然從未有過傳統父母親情，但那種盡情把暴力加諸於孩子的變態長輩，他倒是遇過不少，反正再痛也不是自己骨肉。

「吳韜光，你再碰他一下看看！」

吳韜光無法理解店長的意思。五年前，連海聲不問他同意與否，就白紙黑字把孩子寄在他名下，現在卻又把人抓在自己身邊不放，還想擺架子教訓他這個名正言順的養父做得不好。

「不就是你把他扔到我這裡來？他每天都睡在玄關上等你，一直等到生病。我妻子懷孕了沒辦法，只能把他送到療養院隔離。」

想到那孩子每晚都要窩在他懷裡才能安心睡去，卻被人扔回最害怕的醫院病房，連海聲就無法克制自己。

「你把他送去哪裡了！我把他託付給你，是要你拿去送人嗎！」

連海聲動手拉扯住吳韜光衣襟，打翻一桌湯湯水水，兩人在充滿易碎品的小空間再次扭打起來。

「你都能一個人衝進火場救我出來，任憑媒體抹黑你都不吭一聲，名和利你都不放在眼裡，我想這個人雖然腦子不好，一定能當個好父親……我是那麼地信任你，我都那麼求你了，為什麼沒有保護好他！」

他再見到那孩子，血肉模糊，好不容易救回一條命，卻再也不像個人，殘缺不全。

面對連海聲血淚指控，吳韜光不擅長軟弱的辯解，只是相較於妻子寬慰的好聽話，店長的反應反而比較像男孩的親屬。吳警官這才想到，雖然孩子跟他姓，名字卻是連海聲取的。

「你到底是要還是不要？不要就還給我。」吳韜光自從男孩失蹤後，一直留著二樓的房間，認定他總有一天會回家。

這個歸屬問題立即讓連海聲冷靜下來，望向一旁呆立的吳以文。

「不要吵了，我要了！」嚴清風再也忍受不住，從他們爭執的言詞明瞭他們是多麼失格的照顧者，心疼地拉過小店員。「小文，到大叔身邊，不管什麼病，我都會請最好的醫療團隊把你治好，沒有治好也沒關係。」

嚴清風出身書香名門，子女個個高就，多居留海外，而他說話向來一言九鼎，怎麼看都是孤子攀上高枝的絕佳機會。

吳以文卻搖搖頭，鬆開溫暖的手，到連海聲身邊蜷縮著，似乎這麼做才能換得一絲絲心安。

「笨蛋，沒眼光，一輩子賠錢貨。」連海聲抬頭望著天花板，有點腦子的都不會選他這個爛人。

吳以文抖著把腦袋湊過去，連海聲嫌棄地拍了兩下。

「好了，去重煮一頓。」

吳以文起身把櫃台整理乾淨，到廚房再次打開抽油煙機，傳來規律的炒菜聲，就這麼回到古董店的日常時分。

嚴清風心裡有些失落，也對連店長有些改觀，他並沒有像嘴上說的那樣不在乎店員；而吳韜光忍不住氣得捶桌。

「我不明白！」

連海聲雖然贏了，卻也高興不起來。吳以文什麼都肯學，就是學不會不依賴他生活，怎麼教怎麼罵都沒用。

吳以文重新端菜上桌，這次店長和吳警官只顧著吃，一句話都沒有說，氣氛十足凝重。嚴清風看著垂眸不語的店員，他還是覺得那孩子應該坐下來，和大家一起和樂融融地用餐。

「難吃死了，我要回局裡輪班。」吳韜光放下連菜汁都掃光的空盤，照慣例批判小徒弟的手藝。連海聲筷子擰得嘎嘎作響，嫌棄店員可是店長專屬的權力。

吳以文恭順地把師父大人送到店門外，吳韜光看著那顆低垂的腦袋，也學連海聲那樣摸兩下，吳以文卻整個人緊繃起來，僵硬地退開距離。

吳警官很喪氣，他已經試著像個血親對他，可是兩人總隔著無法跨越的溝。

「家裡有什麼缺的？有什麼比不上這間收破爛的店？」吳警官賭氣的話被店長聽到一定大發雷霆。

「不是破爛，是老闆的寶貝。」身爲店員，吳以文必須澄清一下。

「詩詩有沒有跟你說她去醫院檢查？」

「沒有，師母怎麼了？」

吳以文擔憂追問，也讓吳韜光的神情軟下一些。

「她內分泌失調，才會不自主亂發脾氣，所以她有病，要吃藥。」吳韜光不太明白妻子生了什麼病，只能盡其所能解釋他所知的部分。「也因爲這樣，醫生說她不能再懷孕了，她知道以後很傷心，我從來沒看她哭過。」

吳韜光打從心底心疼他的髮妻，從年輕嫁給他至今，辛勤操持家務，總是笑著在門口送他上班和等他回家，他以爲世間再沒有比她更好的女子了。

「我安慰她家裡還有你，她的情況才穩定下來。你現在回去，她一定不會再像以前那樣對你。」

吳以文聽了卻無動於衷，吳韜光看了忍不住焦躁。

「沒有孩子，所以師父才來找我？」

吳韜光怔了下，才明白吳以文是在質問他。有了孩子把他趕出家門，沒了骨肉才叫他回家，事實看來就是如此，吳韜光也不知從何解釋。

「不回去就算了，『師父』也不用叫了！我沒你這個徒弟！」吳韜光負氣說完，吳以文也只是垂著頭，好像對斷絕關係無動於衷。

他氣得扭頭就走，卻被吳以文拉住衣襬。吳以文回店裡拿出一把油紙傘，爲他撐開遮去。

「吳先生，下雨了。」

「叫什麼先生，叫師父！」吳韜光聽了就生氣，這小子生來就是要忤逆他是吧？

「師父。」

「最近那個該死的殺手又開始在這附近出沒，小心點，敢出事我就把你巴成肉餅！」

吳以文低首點點頭，吳韜光伸手想按兩下，最後還是在他抬頭前收回手。

吳以文站在琉璃門外目送吳警官在雨中離去，滴滴答答，然後落下滂沱大雨，掩去男人的背影。

連海聲走到琉璃門前，隔著一扇門望著他家店員。想坐不敢坐、想叫也不敢叫，吳以文半殘的表達能力絕對是來自吳韜光的身教。

「老闆。」

「笨蛋，發什麼怔？」

「我會做很多事，什麼事都會做……」

「少廢話，快進來。」

連海聲明知不可以心軟，不可以給他太多無謂的期望，只是看著吳以文就像看著自己當年被大房扔進水池，怎麼掙扎也搆不到池塘邊界，那種快要滅頂的無助。

釋憲案已經進入緊鑼密鼓的後置程序，今天院裡特別請來專業人士提供諮詢，嚴清風一直認爲聽取各方意見是必要的工作，但是四點快轉到五點了，那群想先溜的混蛋就把沒有家累的他推出來，都不曉得有個可愛的小朋友會來接他回家。

嚴清風推開半敞的桃花心木門板，來到建築物裡最體面的會客室。安安靜靜，右方精巧的小圓桌，伏著一道纖細的身影。乍看之下，眞是驚爲天人，如果背影沒有熟悉到害他起雞皮疙瘩……

嚴清風踮腳尖走近長髮美人身邊。地上有張對摺過的影印紙，他蹲下去看，上面寫滿密密麻麻的行程表。換算一下，從他跟小朋友出門後，低血壓又有起床氣的店長已經跑過十來個地方。

夭壽，年輕人這樣絕對會早死。

「你們的空調太舒服，所以睡著了。」連海聲抬起臉龐，揚起朦朧的微笑，一認清大叔的身分，馬上轉為平常的寡婦臉。

嚴清風被那一笑弄得失神片刻，不得不承認，眞是個美人。

「矮子。」

「哦！」嚴清風清醒過來做正經事，他核對手上的資料，他們介紹的專家，恐怕就是店長本人。

「連先生，你是那領域的箇中好手？」

「嗯啊……」連海聲很不客氣地打著大哈欠，長睫一搧一搧地泛著水光。

「熟習那些好歹要一、二十年吧？」嚴清風不是懷疑沒禮貌店長的聰明才智，可是少了經驗往往撐不起專業。

連海聲哼了聲：「我在商場縱橫的時候，你還是個小檢察官呢！」

「連先生，算算年紀，你出生時，我已經當上檢察總長了。」

連海聲本來想說些嚴清風年輕時被他整得狼狽的笑話，後來才想起那已經不屬於自己的豐功偉業。

「好好，老頭子眞了不起，這案子就照你想的做。雖然你充其量是裝腔作勢的矮子，但是眼光還不算太差。」連海聲看了手腕上垂著細鍊的淑女錶，已到公務員的下班時間，收拾起被他睡得四散的文件。

「就這樣？」嚴清風著實一怔。

「就這樣。費用我已經先收了，想追回也沒門。」連海聲咧嘴一笑。

「問題是，你知道我的決定是什麼嗎？」嚴清風好生疑惑。

「對無知的人民最有利的決定。」連海聲長睫揚起，看小矮子一副彆扭樣子，「懷疑呀？還是你真的被誰誰誰收買了？」

「不是，只是你讓我想起某個人。」

「誰？該不會又是那個姓延的？」

嚴清風聽連海聲這麼回應，就知道他不是第一個這麼認爲的人。他剛認識就覺得像，而和店長面對面談起公事，那種切入人心拿捏出來的決斷，根本是延世相翻版。

「我沒想過自己有一天會懷念起他。如果他生前我成功把他關進牢裡逼他反省，說不定他就不會落得如此下場。」嚴清風對貪官向來沒有好感，但至少延世相只說沒有禮義包裝過的真話，不過大部分社會人士不喜歡這種赤裸的溝通，延世相因此開罪不少官僚。

「真好笑。」

嚴清風卻抹了抹眼眶，由衷爲亡者傷感，連海聲收起笑聲。

「跟那個笨蛋說我今天不回去，你和他不要隨便跑出去玩。」連海聲搶過嚴清風手中的行程表，下面還有好幾個響亮的名字等著跪下來求店長施恩。

「海聲，你臉色不太好。」

嚴清風看店長拎起外套站起來，一副踩不穩的模樣，他就覺得大事不好。原先他以爲囂張的店長只是身體略有小痒，後來發現發燒的頻率頗高，現在嚴清風認爲這種人不躺在病床上眞是把醫療資源當垃圾。

好不容易在美人撞上地板前托住他，可是連海聲卻用仇家三千年的眼神瞪著捨身當肉墊的嚴大叔。

「就算我摸到你屁股也是情非得已呀！快點躺上沙發！」嚴清風奮力把長腿芭比扶到寬敞的沙發椅上，倒了溫開水過來，命令僅剩半條命的店長交出藥來。

連海聲只是勉爲其難喝了幾口水，然後掙扎起身。

「你身體都這樣了，我們一起回去吧！」

嚴清風蹲下身，替店長撿起四散的資料，沒想到那份行程表竟然還有三張，而且是正反面都有。

「海聲，你是不要命是不是！」

「吵死了……」連海聲就連「關你屁事」也罵不出來。上星期店員到天海出差，他一口氣欠了數十個權貴數十通讓店員完整回來的電話。

嚴清風爬進桌子底下拉回飛進去的紙張，竟是用報紙拼貼的恐嚇信，最後一行還有天海幫主的署名。

「連先生，爲什麼不報警也不找我商量？」嚴清風口氣滿是責備，眞想用力糾正店長的處世觀。

「把自己託付給別人是非常不智的舉動……」

「誰都不相信，這樣活著不是很辛苦？你可以試著跟我說說看啊！」

「血淋淋的實例……」連海聲伸出虛弱的手，指向嚴清風的鼻頭。

「夏節才不是壞孩子！連先生，不是我在說，你眞的很喜歡惹怒別人……啊啊，話題又被扯開了，藥呢？」嚴清風動手拉了拉店長亮麗的長劉海，被人一把拍掉。

「都是你的錯……」

嚴清風睜大眼睛，他又怎麼了？

「那小子本來就是那些混混喜歡的菜色，要不是你沒事跑來店裡……」

「連先生，我記得其中摻雜你個人的圖利因素。」嚴清風念在對方不舒服，只是把西裝外套脫下來蓋到他身上，沒跟店長爭辯起來。

「天曉得那笨蛋做了什麼，人家連婚約都寄來了，我完美的計畫……」

「那孩子還小，結婚太早了。」連聯姻這步棋都來了，似乎眞的不太妙。「他比較需要一個完整的家庭。」

「我又沒有強迫他留下來。」連海聲抬起眼，倔強的鳳眼瞪了過去，隨即敗下陣來。「咳咳咳！」

嚴清風輕拍病人的背。那家店的展示品總是混揉東邊和西邊的文化，帶著違和的美感，如同店主人，矛盾而口是心非。

「海聲，其實你很擔心他被搶走吧？」嚴清風小聲地爲他長期的觀察作結。「別裝睡呀，偶爾承認一下眞心話，性格才不會扭曲。」

連海聲抬起纖纖玉手，向法官大人比出中指。

「年輕人，別那麼粗魯。」嚴清風把中指拍下去。「雖然那孩子可愛又討人喜歡，而即使你像傳說中的後娘……呃，繼父，他還是把那家店當作他的歸宿。」

「我們店裡，以前有養貓，毛色勻稱柔亮，跟那個笨蛋感情很好……」

「我知道！」小朋友跟他提過，他說風風是他的第二隻。

「可那隻貓來的時候已經很老了，有天早上，牠就躺在平常的位子，動也不動……」

嚴清風聽店長的語調，很輕很柔，好像快睡著似地。

「那笨蛋抱著牠蹲了一個上午，旁邊還有一盒牛奶、一鍋魚肉拌飯，完全搞不清楚狀況……」

「你怎麼跟他說？」嚴清風問。

「『文文的靈魂跑去另一家更漂亮的店，很遠很遠，每天都啃著頂級的魚骨頭，把牠圓寂的肉身拿去埋了，聽到沒？』」

「這種說法眞不負責任。」

「不然你去跟他解釋『死亡』是什麼鬼？他根本一點概念也沒有！」連海聲幾乎沒辦法抵抗襲來的疲倦，可是他沒有倒下的資格，除了笨蛋店員，就只有他撐著了。「我是個活在刀口的人，要是有天我眞的如願死了，他不獨立一些，要怎麼活下去？」

可不管連海聲怎麼想強撐起身子，最後仍不支昏睡過去。

嚴清風不想驚醒睡美人，輕手爲連海聲蓋上外套。即使他閱人無數，還是難免會有誤判的情況，像是這個美麗的男子遠比他想的還在乎小店員。

「風風。」吳以文從陽台探身而入。

「啊，你來了。」

嚴清風不知道吳以文怎麼破解保全，也不知道有沒有聽見剛才那些話，只是看著少年小心地把垂落的長髮攬到連海聲胸前，把店長橫抱起身。

「小文，要不要找人幫忙？」

吳以文鄭重搖頭，把店長抱得更牢實一些。

「老闆是店裡最貴重的寶物，一定要親自運送。」

隔天大清早，古董店外的麻雀被一排轎車的引擎聲給嚇飛了。他們都是昨晚被店長放鴿子的政商名流，今天特地來見古董店長美人，希望藉著失約的理由，能夠死皮賴臉強留人家二、三天，獲利絕對百千倍。

吳以文穿著學生制服出來灑掃店門，潑出來的水恰好濺到他們的名車和西裝上，男人們不敢抱怨，堆出討好的笑容，請可愛的小店員去呼喚店長大人起床。

吳以文掛著千篇一律的撲克表情，看著這些大人物——

「來兩個，殺一打。」

男人們捧著臉慘叫，他們實在不記得在哪裡得罪過這家店。店員開始揮動有小耳朵的舀水勺，那個是鐵鑄的，絕對會死人。

「孩子，你算錯了。」嚴清風提著公事包晃出來，婉轉向這些名人轉告一聲：「海聲他不舒服，最好十天半個月別來煩他，否則……」

「血債血還！」吳以文認真說道。

八、第一次總是青澀

第一次話劇例行總綵排

糖糖小姐把行事曆摔到草地上，這場話劇她從來沒見過所謂的盡頭，當那三個男的湊在一起，就會冒出不合天時地利的番外篇，他們的即興演出也太多了吧！

「糖糖，妳怎麼了？」女主角咬著奶茶仙草凍，一點都沒有被排擠的自覺。

「甜甜，再這樣下去好嗎？妳已經快變成來領便當的花瓶了！妳可是才貌雙全的一等中校花！」糖糖覺得女主角已經被帶壞了，竟把別人的目光當空氣。

丁擎天心虛地別過臉，她的目的一直都只是想和小獅子牽手而已，如果眞能當個沒台詞的路人就更好了。「糖糖，我是不是該把頭髮再留長點？」

小甜甜會這麼問，是因爲吳以文正在臨時搭建的小棚子下幫陰冥紮麻花辮。

「學姊，村姑。」

陰冥捧場扮出張死不瞑目的鬼臉，對著銅鏡發出詭笑聲，應該是覺得很有趣的意思。

「如果我是長頭髮，以文也會這麼做。」林律人捏緊手中的水晶杯，微笑再微笑。

「阿人，醒一醒。」童明夜徒手搧開醋味濃厚的空氣，好好的一杯奶茶被他拿得像啤酒罐。

「魔鏡魔鏡，誰是世上最漂亮的美人？」林律行從大銅鏡後探頭出來，朝氣十足，蹦蹦跳跳，殊不知他的形象已經被列爲下一部的小精靈角色。

吳以文中氣十足應道：「老闆！」

「咦？」又一個超級大情敵嗎？校花被茶凍哽到。

「不是的，那是一個難以定位的人類。」童明夜低聲爲丁擎天解釋，「蛇──蠍──牡──丹──」

校花搖頭，她更迷惘了。

「如果我也有連海聲那頭長髮，說不定以文他……」

「阿人，老實說，你重新投胎機會還比較大。」童明夜攬起吳以文的肩膀，小鳥依人地靠上去。「然後小文文就是我的囉！」

林律人總算回復水準値，過去把童明夜踹開。

「魔鏡魔鏡，誰是以文全世界第二喜歡的人？」林律人和童明夜齊聲合唱。

鎂光燈焦點再次集結在男主角身上，既然問第一名是徒然，那麼就爭第二吧！

陰冥趕在那個笨頭轉過來之前扳回去，現代社會版情殺的報導愈來愈多了；童明夜和林律人在吳以文眼前擠來擠去，扯到皮帶拉鍊都要掉不掉。

楊中和把黑框眼鏡端正戴好，冷汗直流。

不要看過來啦！混蛋！你一定要害你同學英年早逝嗎？

一群人吃喝過後，終於來到第五幕，女主角和小獅王的對戲。

「噢，小獅子！爲什麼想不開想挑戰我的後宮呢？」丁擎天唸出悲愴的女王式台詞。

吳以文把身軀又縮了縮，這種時候特別適合下雨，而老天爺也很捧場地打了一道雷。

「你無須害怕，我只是外星球一個飄渺的過客。別怕，伸出你毛茸茸的小獅爪，我會拿出所有力量緊抓住你的！」有生之年，丁擎天第一次和心儀的男生完整說出親密話語。

「我是隻膽小，需要妳憐愛的獅子，桃樂絲。」吳以文垂著擔心受怕的眼睫，雙唇輕顫，直接撞擊女主角脆弱的心防。一個緩慢的起身動作，就讓旁觀的同學目不轉睛。

明明平常聽他唸只想扁他……楊中和撫平身上竄起的雞皮疙瘩，這齣話劇眞是越來越嚇人了。

丁擎天眞的沒有辦法帶著笑容伸出手心，他媽的，她突然好想哭，克制不了心裡蔓延而生的衝動。

話劇的節奏一時中斷，小獅子用唇語幫女主角提詞——既然十指交扣，我們便完成世上最簡單的約定。在你找回面對自己的勇氣前，我這份微薄的膽量，會支持我們走到天涯海角。

「你很特別，在我看慣無數虛張聲勢人們的眼中，你是一抹無法抹滅的清影。我不能從你的目光審視這個世界，但我會學著了解你，包容你的一切。即使殊途，但我盼，總有一天，我倆的心能夠並肩相行。」

丁擎天低眉傾訴她內心醞釀許久的話語，她不知道爲什麼四周平靜得要死，而吳以文還是那副下台後就恍神的模樣。

告白了。

故事的發展來到轉折的關鍵點，當吳以文決定伸出雙手，並且接續下一段台詞時，有人暗叫不妙。

「抓緊它，我就是妳的……」

丁擎天哭了，她就要抱上去之際，對方的手卻滿了，披著純白斗篷的稻草人和身著盔甲的錫鐵人，分別跪在吳以文左右身前，牽起他的手指。

小獅子一雙眼睛稍微眨了下。

「總而言之，青少年的矛盾。」童明夜撐起被編劇陷害的沉重盔甲，迴避校花傷心欲絕的目光。

「換句話說，你是我逃不開的羈絆。」林律人拉開隱藏青絲的帽套，笑得一絲靦腆。

二人懷著極盡複雜的情愫對看一眼。拜託，別太快交女朋友！他們還希望霸佔他多一點時間。

吳以文看了看深情款款的兩人，努力動了下腦細胞。

「老闆說不能娶你們。」

楊中和捂著額頭，果然是個把路引到無盡深淵的禍害。

「我也沒說要嫁給你呀，阿文。」話中有話的暗示。

「林家隨時歡迎你。」根本是亮得刺眼的表白。

「律人，說得好！」有學長舉雙手贊同。

丁擎天被兩個男的擋在後頭，慌張揮著女主角無助的手臂。

「以、以文同學。」

「擎天，怎麼了？」

校花怔在原地，從她認識他以來，吳以文從來沒喊過女孩子的名字，連對陰冥也只禮貌稱呼「學姊」，這是他的第一次。

「那只是朋友的意思，妳千萬不要會錯意了！」林律人緊急出面消毒，把吳以文抱著不放。

原來自己也是特別的，丁擎天突然好想唱歌。

第一次話劇總排演

楊中和和唐棠兩個正常人站在草地上發怔。才一個晚上，戲棚就華麗地搭建起來，看起來耗費不少人力和財力，可這不是區區學生社團表演嗎？

「班長／糖糖，怎麼了？」

兩旁分別傳來呼喚他們回魂的男女合音，女主角和裡男主角對看一眼，丁擎天露出多糖甜度的笑容。

「以文同學，我們眞是越來越有默契了！擊掌！」

吳以文什麼也沒想，伸出手。丁擎天開心地隔著兩顆腦袋揮手過去，不料，事與願違。

林律人有一喘沒一喘，搶先一步代替吳以文和校花肌膚相親。童明夜連忙卡位上來，把自認爲元配的林家三少爺拖離眾人三大步。

「阿人，不可以這樣啦！現在可是男女平等的世界，所以阿文我是不會讓給你的！」

兩位思考、語言都不具邏輯的一等中校園偶像終於來了！此刻，就是楊中和寧願掉到異世界避禍的時候。

「喔，還蓋得挺像樣的。」林律行撐著小花傘出場，一手還提著自備的高級餐具，一看就知道是特別來分杯羹。

「林學長，這是你跟律人同學出錢搭建的？」校花代現場普通人向跟普通人無緣的有錢人詢問，林律行豪爽承認。

「學校禮堂根本無法遷就。」林家少爺共同的結論。

「這怎麼可以！」校花生氣了，「至少讓我出一半呀！」

「甜甜！妳怎麼可以認可他們超越常理的作法！」糖糖小姐把校花因跨腳擺姿勢的格子裙拉回來。「請拆了這什麼鬼！我可以退兩倍錢給你們！」

楊中和強烈認爲他生不逢校。

「今天是小籠包。」吳以文抬著七層蒸籠，從後台穿圍裙走出來，楊中和總計他消失的時間不過二十秒。

「唉！」童明夜尾隨其後，幫忙分擔碗筷的重量。「阿文，我們眞是越來越有新婚夫婦的味道了！」

吳以文點頭，糖糖小姐發現這個人最謎樣的是他的小動作。

「如果不是隔壁林小人對你抱持不軌的心態，我就能放心去新德里出差，爭取升遷的機會。」童明夜扔下餐具，轉而從背後攬起吳以文跟自己同寬的肩膀。「小文文阿娜答，就算小人是你指腹爲婚的青梅竹馬，我也有不會輸的自信。」

「明夜。」吳以文半垂著眼，空出五指，回握童明夜的掌心、折指骨、出腳，攔腰把老公掃到地上。「小籠包，涼了。」

「難道我……比不上你揉了一夜的麵皮？」童明夜捂著傷心欲絕的胸口。

「沒有一夜，大概一小時又八十九分鐘。」吳以文很賢慧地跪坐下來，開始擺盤。

「難道我……比不上你揉了一小時又八十九分鐘的麵皮？」童明夜捂著憋笑到內傷的胸口。

「叮咚！」林律人嚴肅地爲門鈴聲配音，做出無中生有的開門手勢，儼然世家子弟風範，不過他也眞的是。「打擾了，他在家嗎？雜碎。」

林律人展開與童明夜的對戲。

「小人。」童明夜超愛叫這個稱號去得罪對方，「你來做什麼？沒聽說君子國的異空間嗎？」

「以文。」林律人顯然故意忽視所謂的一家之主。「我打不到，幫我打。」

吳以文看了童明夜一眼。

「小文文，你忍心這麼年輕可愛就喪夫嗎？」

吳以文點頭。

「對不起都是我不好不該打擾你數小籠包的美好光陰。」童明夜俯身一拜叩。「思里嘛謝！」

「以文，一籠的數量乘以七就可以了。」林律人提醒一聲，小跳步來到吳以文身邊。

「但要以每籠小籠包數皆相同爲前提才可以。」

「初級、中級、中高級，還有金箔。」吳以文說，兩個好友不禁低頭苦思。

「你爲什麼要把它們分成三種大小還加進春節餃子的習俗！」台下有觀眾受不了抗議。

「中和同學，你竟然能夠這麼透徹了解以文同學的心思，好厲害喔！」校花拍手讚歎，唐棠瞬間把楊中和歸成和台上那個圍裙笨蛋同類，而那兩個一等帥的演員，發出「你死一死吧」的爛漫笑容。

「喂，我肚子餓！」林律行完全置身肥皀劇外。

「七十九個！」吳以文數完了。

童明夜看了看，先挾起一粒嚥下去：「嗯，素七十九個沒錯！」

「以文，你怎麼連加法也學不好呢？」林律人忘情地撲過去了。

「卡！」童明夜嘆氣中，再度把林律人拉走。「不行啦，讓阿文穿圍裙太危險了。不然你看，甜甜小姐，想要帶回家嗎？」介紹超優質人妻產品。

「要！他是我高中三年的志願！」丁擎天舉手同意。

「我我我！律人，我們合力把他買回林家啦！」林律行也攀上舞台攪局。

變熱鬧了，也更沒有主題了。楊中和接過第一盤小籠包，哀怨一下。

唐棠小姐接過第二盤小籠包，她剛才差一點就加入競標行列，這種轉變可以稱之爲

「墮落」。

「學姊，請用。」吳以文遞過第三盤，完全沒被人發現爬上來的少女，慢動作接過。

「靠，我把妳忘了！」林律行把借來的小花傘扔到陰冥腳邊。「妳怎麼走一走會不見啊？妖怪喔！」

「我蹲下去撿，你自己走掉的。」陰冥的長髮有些水氣，有些含冤不白，手指亮出老舊的3.5磁片。「綠野仙蹤呢？」

學姊仙子問了個好問題。

「咦？」丁擎天唉呀一聲。

「女主角，去。」林律人從童明夜手中搶過第四盤。「第一幕！Action！」

「阿人，你很像後母耶！」童明夜搶回第四盤。「小姐，先吃飯吧？」

丁擎天已經就定位了，演員的尊嚴不允許她過去爭奪美味小籠包，開始、開始、開始，腦袋的螺絲釘突然鏽住。完蛋了，第一個字是什麼？

「我作了一個夢，我去遊歷，經歷多麼危險又有趣～」吳以文一邊裝盤，一邊提詞。

此時此刻，丁擎天最想做的事就是拍手，告訴他歌唱得很好聽。不過，事不宜遲，她趕緊接上紅鞋子踢踏舞的舞步。

「小獅王和機器人和稻草人！都是我的好伙計～我的小狗叫托托，牠也一起去……」

校花一連串撩裙襬和美腿舞，讓她朋友看得膽戰心驚。

林律行立刻吞下口中所有東西，喘一口，無時間差合音：「汪！汪！」

「卡！下一幕。」林律人摘下眼鏡，然後一把撕開自己的上衣。這樣等一下就可以躺在吳以文懷中讓他縫鈕釦，呵！

「阿人，你妄想的畫面傳到我這邊來了。」童明夜穿起重得半死的騎士盔甲，出聲打攪對方的白日夢。

「托托！」丁擎天抓緊學長的手，指骨快斷的程度。媽的，那麼多眼睛，她緊張死了。

「先說好，我不會喜歡比我高的女人。」林律行仰起犀利的目光。

「卡！」林律人自行從十字架鬆脫後，胸前是四敞狀態。「小行哥，你只要汪就好了。」

「喵。」現場出現可疑的貓叫聲。

「誰？」哪個白痴？看他們一直演個不停，楊中和瀕臨崩潰邊緣。

陰冥敲了下吳以文的腦袋。

「托托，是『喵喵』。」吳以文很堅持。

「喵就喵吧！」林律行頂著毛茸小白耳，端出世家少爺的氣派。「喵喵喵～」DoReMi

三音階。

吳以文跑過來，認眞搭上林律行的肩頭：「學長，請問你喜歡魚肉拌飯嗎？」童明夜和林律人趕忙把吳以文往後拖回蒸籠旁邊，會唱歌的貓咪身價大漲。

「下午第一節，請假吧！」唐棠發現這群人還眞不是普通地會拖戲。

「十三班體育課。」楊中和對於壁報、經痛都可以公然缺課的體育老師，完全不抱期望。

另外二年級這兩個學長學姊根本是資優班的惡瘤，師長管不動，小朋友不要學。

「點心。」吳以文端出金黃色杏仁派，還有一桶打遍無敵手的冰紅茶。

「哦耶！」

於是，大家過了一個進度嚴重落後，但是歡樂到爆的下午時光。

第一次開放觀賞話劇總排演

這個欺騙世人的標題眞是太刺眼了！楊中和摔下節目單，肩上立刻傳來沉重的溫熱感。小混混和小少爺對他展現友好的笑容，一人一邊，抓緊想要磕頭謝罪逃走的小老百姓顫抖的肩膀。

「爲什麼外面鬧哄哄一片？」校花拎起爲她打造的短蓬蓬裙，掀開大紅布幕的一角。

人山人海。

女主角瞬間腳軟，跌坐在地。

「這些觀眾是怎麼回事？」唐棠快步拉起露小褲褲的校花。明明校內公演不是這時間，但一等中中午閒閒沒事的師長、學生卻不約而同來到舞台前觀摩，就好像校長大人廣播叫大家來這裡集合一樣……

「實在太卑鄙了！」童明夜凝重地說。放眼望去，那個喜歡把自己弄成馬戲團團長的中年大叔，竟然高高興興地坐在第一排，一副等著女主角出糗的小心眼樣。

「竟然還敢妄想著『桃樂絲』。」林律人蹙起眉頭。不耍點手段把人弄去太平洋對岸，本話劇很可能變成「校長和他三個小男寵」的故事，他不能接受！

「哇啊！」有女孩子的尖叫聲，其中混雜一點男孩子的，布幕後方的明星們於是又瞄向外頭。

那個飾演寵物的學長，提著女主角必備的道具花籃，到處亂灑甜滋滋的烤棉花糖，真是朝氣蓬勃。

「該死！再過來我就砸死你們！」林律行被觀眾追來追去，連籃子都扔出去了。

「有人要下去救他嗎？」林律人隨口問一聲，沒人敢答應，早告訴小表哥穿好戲服就不要跑出去上廁所。

台下安靜一陣，那個被數學導師抓去辦公室悔過兼泡茶，到現在還穿著制服的一等中三大校園偶像之一，向這群為他噤聲的觀眾們伸出雙臂。

「托托，過來獅子這裡。」吳以文像個善良的小天使說。

林律行噙著淚花奔過去了，他差一點就被觀眾剝光。

「阿人，你現在跑下去只會被人說成見色忘兄。」童明夜悠悠哉哉逮住友人的手臂，林律人死命盯著台下吳以文如何搔弄懷裡的貓耳朵。

校長跑過去跟話劇裡的小動物們搭訕，林律人揪緊指甲上的皮肉，而童明夜慘叫。

「阿人，這是我的手！」

經過一番點心時間，吳以文牽著貓咪學長，散步般走回後台。

「阿文，校長大人交代什麼？沒說要換角吧？」童明夜撫著紅腫的手背，丁擎天緊張地嚥下口水。

「校長說托托很可愛。」平板的語調中有著一絲得意之情。

你以為你養的嗎？楊中和真不知道他得意什麼勁。

林律行還沒從剛才的驚嚇中回過神來，心有餘悸地抓著吳以文的手。

「不用擔心，他那天一定會出國。」林律人挪了下細框眼鏡，鏡框閃過冷光。

「然後再也不會回來了。」林律行清醒了。林家有條家規叫「有仇必報」。

「他、他好歹是我們的校長……」抖到站不穩的女主角，還爲加害她的奸人求情。外頭響起號角聲，箭在弦上不得不發。

「第一幕。」林律人按下鈕，升起活動布幕。

「要加油喔！」童明夜擺出完美的打氣姿勢，吳以文也點點頭鼓勵著。

唐棠含淚把腦袋空白的女主角推出去，全場歡騰，一等中小喵喵凡特涅西雅梅莎月畔湖聲新人話劇公司，總算可以看到前凸後翹的……精彩演技了！慕校花之名而來的男同學們，努力歡呼著。

丁擎天擠出快流淚的微笑：「我、我、我……我做了……」眞像是去自首的殺夫犯，觀眾們安靜下來，後台的演員也從幕後無聲看著女主角。沒多久，校花邁開美麗弧線的雙腿和露出一點點的粉紅色，就淚眼汪汪衝回後台大哭。

「這是我們第一次砸場。」林律人毫不留情指責丁擎天的怯場，她只能偎在唐棠的懷裡道歉。

「阿人，沒辦法，這是她的第一次……」童明夜穿著鎧甲蹲下來，急忙安慰痛哭的女主角。「雖然我們第一次超成功的。」

校花聽了哭得更大聲，唐棠小姐心疼無比地拍拍她的背脊，裙子口袋裡卻找不到面紙，這時候，一條貓咪圖案的手帕遞過來。

「沒辦法了，劇本C18088。」林律人脫掉鑲著金線的白袍，隨便從道具箱中找出備用長裙。

「阿人，你是認眞的嗎？」童明夜掛著嘲弄般的笑容，卸下沉重的鐵甲。從萬能道具箱中抽出火紅頭帶。

楊中和暗地拍了下發呆中的同學：「你都不用換衣服嗎？」

「最後會脫光。」吳以文說。

兩名男主角怔了一下，良久，林律人嘖了一聲：「不好意思，以文，是E88018。」

「是G18081吧？」童明夜雜亂的印象中是那個。

非常多產的劇團，三位創始人陷入苦思，只能靠默契解救彼此。

「記得有人送醫院……」林律人發出詭異的沉吟。

「屍體、上海灘、天天寶寶，J78008。」

「阿文呀，就是那個！」眞不枉費換帖兄弟的交情，雖然人家搜尋的關鍵詞非常微妙。

登登登，當布幕再次升起，現場親愛的女同學們爆出熱烈的吼叫聲，掌聲如雷，完全蓋過某部分男性弱勢族群的噓聲。

兩個男的，被封爲一等中今日之星的高一生、被私下封作最不適合看不爽約去後校舍樓梯角單挑的武力派美少年站上舞台左右，各據一方。

童明夜手一揮，全場因他的威勢安靜下來，他們穿著本校最閃亮的制服出場了。

「盟主只有一位，師妹只有律兒。今天不是你死，就是我亡！」童明夜帥氣地比出武俠片必備的劍訣手勢，眼神逡巡過在場每一位揮小旗子的女性支持者，爲今年的七夕巧克力做準備。

「要眞打？」吳以文凜下目光，沉聲地問。

「你五成，我十成。」童明夜蹙起撐出來的劍眉。這不就是他被抬上擔架的那場戲？阿娘喂，林小人給他記住。

當吳以文連續前翻三圈來到童明夜面前，舞台掀起迅疾旋風，純白的衣襬凌空飛揚，腰身露出，觀眾盡力捂住鼻血。

童明夜九死一生閃過猛雷掃下的一腳，他覺得他會死，一定會死。

「師弟，三成，看我倆往日如血水一般的情誼！」童明夜說完台詞，還要擺出豪氣干雲的架勢求饒。

吳以文飾演的角色，就是要把對方打到引出丹田那股潛藏的功力，林律人交代的。

「看我的，晶晶小甜心！」童明夜虛晃一招，但吳以文根本不打算閃，長腿攔腰踹下，不留一絲喘息的餘地。

「花花大蘿蔔。」吳以文打趴敵人，再比一下卡通小美女戰士的招牌動作，就像吳韜光總在打擊犯罪後才亮出證件。

童明夜從瀕死中站起身，很有江湖味地看了吳以文一眼。不行，再拖下去，他的好朋友可能連定十字關節技也使得出來。

「不准動。」童明夜抽出貼身小蜜蜂，和小店員那支銀色的是兄弟槍。觀眾眼睜睜看著武俠劇不該出現的現代道具，搭上童明夜漫不經心的痞子笑容。「只有槍術這一點，你絕對贏不了我的。」

吳以文眯起眼，邁出腳步。

「夜師兄、文師兄！不——！」第三名美少年倏地衝出來，一把往吳以文懷中撲去。明明沒有槍聲，但觀眾們似乎聽見那抹無情槍響打在纖細女主角身上，血花四濺，二人相擁倒下。

「律兒呀、呀、呀——！」童明夜滑跪在地，抱頭哭喊，聲聲扣入觀眾心房。

「這一切，都是父親的陰謀……別打了，不要再爲了我手足相殘……」林律人眼角含著傷悔的淚花，雙唇微弱顫動著。「因爲律兒我自始至終……只愛文師兄！」

桃花折枝，林律人整張臉埋進吳以文胸膛。

「難得～一生好本領～情關～始終～闖不過～」童明夜撿起林律人背地丟來的麥克風，走到台前去跟戲迷們握手。

「啪擦！」就在此時，舞台出了一點小意外，歌聲戛然而止。童明夜看看皮鞋下的細框眼鏡，好像是某個邪惡女主角剛才飛掉的。

「夜師兄，那支防摔防霧，兩萬五。」律兒復活了。

「師妹，這個用三秒膠黏一黏就會像新的一樣！」童明夜想藉著撞擊少女心的燦爛笑容掩蓋兩萬五千元的過錯。

快乾和賣身之間找不到平衡點，於是，在觀眾們看起來像是深情對視的三十秒後，兩人扭打起來，從舞台東滾到舞台西。劇情進入全戲的高潮，究～竟～誰的衣服會先脫呢？

吳以文走向台前，一鞠躬行禮，在身後兩個傢伙扯開彼此四角褲前，手動拉下布幕。

「再見了、再見了。」吳以文呆板揮著手，就像是生鏽的腳踏車鍊。

全劇終。

所有觀眾一同站起來為夢幻中的表演鼓掌。全場歡騰，校長痛哭流涕。這輩子能見識到此等神劇，真是不枉此生。

楊中和平時習慣看完影劇在筆記上統整出大綱，但他現在只能搖晃著腦袋，完全不知道自己看了什麼鬼。

散場後，演員和劇組團團圍住又哭又笑的校花小姐，勢必要她做出一個交代。

丁擎天把鼻水擤在貓咪手帕上：「我真的很抱歉……」

童明夜陪笑安慰，可是這不是他能自己擔下的事情。林律人戴上眼鏡，發現只剩下鏡架，極其凶惡地瞪著幫校花擦淚的凶手。

「這樣就不行了，到公演那時候，人潮至少是今天的三倍，妳要再鬧一次嗎？」

「林少爺，你就少說兩句嘛！」童明夜是當初的介紹人，處境相當爲難。

校花覺得頭髮有點癢癢的，原來有人在摸她的馬尾；轉過頭，不只她盯著人家瞧，大家都看向不說話的三位男主角之一。

「妳很努力了。」吳以文照著節奏，拍二下，又拍三下，實在沒辦法從他恍神般的表情讀到什麼訊息。

丁擎天以爲他會討厭她。她總是一而再再而三在他面前把事情搞砸，她的眼眶盈滿淚水，一個字也說不出來。

「阿人，阿文都不計較了，那這件事……」童明夜的勸說哽在喉頭裡，爲了眼前閃電般襲來的畫面。

親下去了！！！

這個震驚所有人腦海的影像，因爲女方摟著男方的肩，而持續讓人可以心臟病發的十來秒。丁擎天捨不得閉上眼，她喜歡他雙唇微張，小小訝異的模樣，注意力都放在她身上。

丁擎天放開兩人緊貼的唇，再用力全身抱一下，眼中有著無比的決絕。

「以文同學，我一定會捲土重來的，請等著我！」

校花下完戰帖，就這麼跑掉了。

唐棠小姐怔了一會，才想起自己該去追人。

「這對她太辛苦了，你們還是另請高明吧！還有，你最好早一點給她答覆。」

「所以，其實她是你的女朋友？」林律行向風平浪靜的當事人確認誤會中的誤會。

林律人溫和地請走多嘴的表哥，趕緊掏出純白手巾，仔細擦乾淨吳以文更顯紅潤的唇瓣。

吳以文摸摸林律人的腦袋，當他是眼鏡壞掉的關係。

「你其實很喜歡照顧人吧？」楊中和嘆了口氣。可是不知道爲什麼，他又被那兩人的殺氣貫穿全身，感覺好像不小心說穿他們努力保護的小祕密。

童明夜和林律人不約而同地認爲：如果不把吳以文看在身邊，總有一天他會被壞人拐走，像是連海聲那種傢伙。

「阿、阿人，沒有女人了耶！」童明夜身上的罪孽依等比級數成長，林律人殺氣滿溢看過去。雖然再說錯一個字就要浸豬籠了，但是當前的難題不可忽視。「現在再找，時間也來不及了，台詞那麼多……」

林律人振作起來，行程都敲定了，沒有放棄的可能。

「以文，你記得多少？」

服裝道具和食膳負責人兼舞台總提詞，吳以文點了下頭。

「全部。」

新女主角誕生。

好隨便！楊中和吃了那麼多天免費午餐，還是無法認同他們的無法無天。

「那小獅王怎麼辦？」

十三班班長的社會歷練比不過在場三位紅塵打滾出來的美少年，都不曉得開口的人，往往最先中標。

「楊中和同學，（如果不想家破人亡的話）我們一起努力吧！」童明夜和林律人同時露出歡迎赴死的笑容。

第一次改編本話劇總演出

布幕升起，萬頭攢動，人潮有增無減，那些增添台下色彩的黃綠藍制服，就是別校偷跑來的。風紀自治幹部忙死了，心中雖然想半夜拆了舞台，但大家都屈服在演員們的淫威之下。

最先映入觀眾眼簾的是一架優雅的平台鋼琴，黑玉般的光澤，美得令人忘記這個劇本原本的風貌。

黑襯衫，白領帶，映照琴身深邃的幽光。大家屏息看著鋼琴師以白皙雙手拉開強烈對比膚色的黑色鋼琴蓋。五線譜就定位，林律人纖長的十指，款款落在黑白分明的琴鍵上。輕快旋律繞進耳畔，有女生捂著胸口昏了，台下安靜搖著「一等中王子殿下」美術社自製看板。觀眾們痴痴望著，沒想到竟然可以享受到演奏廳等級的琴聲和王子彈琴的模樣。

台上，朱唇輕啓。

Somewhere over the rainbow, way up high
There's a land that I heard of once in a lullaby
Somewhere over the rainbow, skies are blue
And the dreams that you dare to dream
Really do come true

一片尖叫聲中，楊中和只認識一個英文朗誦有純正英國腔，而且歌聲眞是無比動聽的非人類。他和觀眾一樣遍尋不著人影，直到林律人抬起頭，微微一笑，才發現那個傢伙竟然躺在鋼琴上！

撩人的長腿上下擺動，女主角如迎接晨光般慵懶坐起，一手抓著觀眾看不到、用來支撐大部分重量的鋼絲，一手撥了記飛吻。

第一次，在場男士叫嬴瘋狂的女同學。

楊中和躲在後台拉起布簾，目前處在驚嚇過度的狀態。他的左肩突然很重，原來那個穿盔甲的無心樵夫抓他過來當靠墊。

「啊啊，阿人那個角度眞好！」童明夜不顧對方意願，一把摟住小老百姓的脖子。

「大腿，三分之一呀！」

蓬蓬裙原本就短，又因爲換角，演變到不用撩裙襬即可讓人噴灑鼻血的地步。

林律人起身，牽起女主角的手指，技巧性旋身抱下，觀眾已經叫到啞了，還是聲嘶力竭爲序幕喝采。

那是一名鄉間長大的淳樸少女，紮了兩條麻花辮。眨眨眼，似乎驚奇台下千百雙注目的眼睛，雪白的臉龐，唇紅似火，大家心照不宣，明白這是驚人的化妝技巧，但當「她」

咬著一綹髮絲，有意無意把指尖滑過腿上的純白絲襪，所有人不禁嚥了下口水。

「這是阿文的拿手好戲呀！」童明夜負責捂起小獅子尖叫的嘴，其實他們兩個也猜不透吳以文是從哪裡學來的。

Someday I'll wish upon a star
And wake up where the clouds are far behind me
Where troubles melt like lemon drops
Away above the chimney tops
That's where you'll find me……

女主角繼續放開歌嗓，一轉身，又是不食人間煙火。發現「她」跑出去的小貓了，應該要展開笑顏，但「她」只是偏過臉，以清亮的呼喊代替。

「托托！」

寵物學長立刻從道具草叢以職業水準跳出來，撲倒他可愛的小主人。

吳以文理所當然抱個滿懷，林律行一時無法接受這名貌美、身手奇佳，應該綁來做林家媳婦的少年——告訴你！我也不會喜歡比我高的男人！

桃樂絲牽著貓咪的小爪子，臉上淡淡浮現一抹鬱色，台下眾人都感覺得到，這個平凡無奇的小鎮根本不能讓她成爲征服世界的女神。

一曲終了，觀眾鼓掌鼓到鼓起水泡也無怨無尤。

楊中和回頭要燒了他們塞給他的總劇本，這些人都是隨便演，然後，一次搞定。

「謝謝大家！本話劇將在這個星期日於市立女中演出，請各位親愛的同學、學長學姊和老師們告訴親戚朋友，一起前來共襄盛舉。謝謝親愛的各位，一等中小喵喵親親抱抱話劇團，愛你們喲～！」

童明夜廣播完，按下降幕控鈕。

光是序幕就演了整個午休，上課預備鈴響起，觀眾們依依不捨地告別，舞台積了滿滿一層觀眾丟上來的聯絡電話和交友相片。吳以文捧著紙箱收拾，冷不防，一朵繫著黑緞帶的玫瑰拋來他腳前。

「你眞是令人驚艷。」黑衣裝白領帶，林家標準裝扮的年輕人，向吳以文躬身行禮。

「律品，你跑來這裡幹嘛？」林律行鬆開女主角的手心，敏捷躍下翠綠的青草地。林律品勉強正經看了下人家的貓耳朵，隨即偏過俊顏竊笑不止。

「因爲我實在很好奇我們的小表弟怎麼會動用到大伯父的愛琴，就跟過來看看……呵，不虛此行。」林律品忍不住去玩林律行頭上毛茸茸的耳朵，想像那人怎麼一針一線縫出這樣的小玩意。「好久沒見過如此精湛的表演了，好可愛的女主角。」

童明夜匡啷匡啷撐著錫鎧甲走過去，似乎也察覺空氣中的不尋常，搭上林律人殺氣很重的肩膀。

「又來一個林氏妖孽。」

「如果你願意自戕於世，我可以幫你辦喪禮。」林律人對於不長眼又口無遮攔的混混朋友，只想埋下去當肥料。

林律品試圖爬上舞台，動作有些笨拙。不出他所料，吳以文伸手拉起他。麻花辮拂過他的臉龐，他看著他，目不轉睛。

「我摺了整個晚上，送你。」林律品在口袋中摸索，東西藏在雙手，伸到吳以文鼻尖，才攤開十指。乍看之下是普通的紙團，左右一拉鼓成圓球狀，上端兩邊各突出小小的三角形。「噹，小貓咪！」

吳以文拎過紙球的耳朵，仔細打量對方的傑作，捧得高高的，晃了兩圈。

「謝謝。」看來本人非常中意。

「好可怕，竟然出現魔王級的敵人……阿人，這次你的多慮是正確的，可是先放開我的手！」童明夜健康的小麥色雙臂出現十個慘烈的指甲痕，他的少爺朋友簡直用全身的妒意謀殺他嘛！

「律品，爲什麼我沒有？」林律行搶過貓咪摺紙，吳以文看著小學長和貓咪摺紙，眼中閃動亮光，林律品把這一幕盡收眼底。

「我只送特別的人。」林家大少爺優雅牽起吳以文的手指，「明天下午來我家做客吧？可以餵小行哥哥吃飯喔！」

「好是好啦……」林律行撇一下嘴，總有種被拿去當餌的感覺。

「唉呀，你哥竟然把阿文當女人追，眞是一代豪傑……阿人等等，不要棄我而去！」

林律人忍無可忍，大步走來，手起刀落，拔開兩人相連的手指，把吳以文拉到身後護著。

「律品哥哥，你不是跟和簷舅舅說你忙得不可開交，連蹺三個會議？」林律人擠出的微笑帶著一片血海深仇。

「律人弟弟，是誰說學校課業繁重，餐會寧可躲在房間裡塗塗寫寫也不出席？」林律品從容不迫，微笑以對，長指刮向林律人的臉頰，被用力拍開。

「對呀，律人，你改劇本都會發出奇怪的竊笑聲（就這樣，桃樂絲牽起稻草人的手，兩人從此過著幸福快樂的生活），大伯父還問我你的交友狀況。」林律行沒發現氣氛不對，無意識替邪惡的堂兄幫腔。

「阿人，這就是你不對了，桃樂絲應該跟變回騎士的鐵人樵夫在一起才對。對不對，阿文？」童明夜看出林律人無法在吳以文面前展現他無恥的一面對抗兄長，只能出面把他們兩個共有的孩子拉過來一點。

吳以文看了看他，搖搖頭。

「小文文，你好傷把拔的心。」童明夜半捂著臉，暗暗躲過林律品打量的視線。「都是馬麻你挑撥離間，枉費昨晚床上我那麼體貼……」

林律人總算找到發洩的出口，一拳打向朋友帥氣的五官。童明夜抽抽噎噎閃到吳以文背後，吳以文接牢滿是怨氣但沒什麼殺傷力的拳頭。

「媽咪，都是我不好，不要爲難爹地了。」寶貝兒子面無表情地幫腔。

林律人轉怒爲笑，一眨眼完成。摟緊吳以文精實的胸膛，語氣無盡慈愛。

「那小文今天跟媽咪一起睡！」

林律行似懂非懂地看著即興演出完美落幕，林律品笑到站不起來。

「小行喵喵，你們學校眞有意思！」

林律行忙著接手機，沒空把人踹下舞台。

「喂，三伯啊，對啦，你不肖子在這裡啦！……律品，你爸叫你去開董事會。」

林律品露出掃興的表情，接過手機，眼神依然緊瞅著吳以文，他很高興對方也看著。

「吶，你要不要猜猜看，多久你會成爲我的人？」

吳以文搖頭，口氣無比堅定：「我的命是老闆的。」

林律品笑了，生平第一次，這麼渴望奪走別人的寶物。

九、大少、小弟、學姊

吳以文放學依例去接送嚴大法官，男孩和大叔小手牽老手，嚴清風微笑聽著吳以文說學校發生的趣事。原本吳以文只能用不連貫的單詞敘事，慢慢地學會如何通順說話。

「小文，你們的表演會找家長參加嗎？」

吳以文搖搖頭。

銀灰色跑車從僻靜的路口駛向兩人身旁，吳以文立刻把嚴法官藏到身後。偏偏他們今天抄的小路兩旁都是墓仔埔，半個可以求援的人都沒有，「快跑」還沒喊出來，就被跑車駕駛的笑語聲給打斷。

「嚴先生您好，這麼巧，不如我載你們一程？」林律品微微一笑，明眼人看出來他是特意過來獻殷勤。

嚴清風認得那張英俊且帶著胭脂味的輪廓，他們一家都生得風度翩翩，但除了林家前少主以外，都不把外人放在眼裡。這大概是他和連海聲唯一的共識，可是店長背地說人壞話都不會心虛嗎？

吳以文牽著嚴清風的老手，動也不動地站著。大叔順著他的眼神看去，最後定在這輛銀亮的新車上。

「要，不要？」林律品似乎了解小店員對於交通工具的喜好，大方展現全世界限量十台的車型。

「風風，上車。」吳以文替嚴清風開了後門。

林律品揚起唇角，一切如他計畫。他看吳以文還呆站在車門旁，隨口調笑一聲：「怎麼了？想坐我大腿上？」

下一秒，吳以文拉開駕駛座車門，把高挑的林家大公子橫抱起來，一把放到副駕駛座，順勢佔領方向盤。林律品一時反應不過來。

嚴清風有感將要發生的末日，張著嘴卻叫不出聲。

「和其他雜牌車不一樣，沒有一定操作程序，沒有辦法發動。」

林律品本想勸退吳以文，可是當他看著吳以文將車鑰匙旋過半圈，緊壓進孔洞，再把排擋轉到手動程序，一氣呵成猛力踩下油門那剎那的氣勢，林大少爺不得不承認，這世間還是有他無法掌控的東西。

不知過了多久，只知道撲克臉少年飆過一座山頭又一座山頭，長那麼大從來沒挑戰過雲霄飛車的嚴清風死命抱緊前車座；而一向自詡大膽的林律品回魂過來，他的情況就不是抱著真皮座椅那麼簡單。

沒辦法，都是來不及繫安全帶的問題，他會這樣側身摟著目標物的胸膛，完全都是人力無法控制的錯誤。

吳以文還在專心研究各個人性化控鈕，無視自己的豆腐。

「看不出來，你身材眞好……」林律品兀自讚歎一聲，自知失言，又在疾速中努力優雅地正坐起身。「啊，你別誤會，我絕對沒有那種傾向。」

林律人每次都眞摯地和吳以文澄清，然後下一秒人就撲上來了。

「喜歡嗎？」林律品看著身旁的人，偏頭笑道。

吳以文正視前方，不冷不熱地點一下頭。

「你抽出一個晚上陪我，車就送你。」

吳以文轉過頭，終於正視對方，即使後頭的大叔厲聲疾呼：「孩子，看前面！」

「我是說眞的，陪我到處散散心就好。我剛從國外回來，沒有什麼朋友。」林律品故意露出寂寞的笑容。

「不行，我是店員。」吳以文把頭轉回去，不過從他掃視儀表板的樣子，看得出來頗中意這輛銀灰色跑車。

「眞可惜。」林律品也不急，他有的是時間。

「我把車頭燈撞爛，請算我半價。」吳以文精神奕奕地接話下去，眞不愧爲暗黑古董店出身的小店員。

林律品一怔，隨即大笑出聲，一路上笑個不停。

跑車來到泛著柔光的古董店門口，豪邁停下。

吳以文下車，摸摸銀色跑車的車頭燈，依依不捨地揮手。

「再見了，小銀四號。」

嚴清風不顧腳軟，自個兒從車上開門下來，趕緊向店長求救。他從後座打量林律品的神情，那人只差沒眞的張口把小店員一口吞下。

「連先生、連先生！你家可愛的店員快被拐走了！」嚴清風朝古董店大聲疾呼。

「矮子，吵死人了！」銅鈴清響，一臉剛睡醒的店長，凶巴巴地從店裡邁步而出。

「喲，這不是林大少爺？你怎麼還有臉出現在這裡？」

「連老闆眞是愛說笑，我們也稱得上舊識了。」林律品不甘示弱地回以賣相極佳的笑顏。「以文，可以這樣叫你嗎？」

「你敢點頭，今晚就睡柏油路。」連海聲冷冷瞪著還在爲車發怔的笨蛋店員。

「老闆，小銀的新家人。」吳以文看著連海聲，嚴清風在他背後用力搖頭。

連海聲推開吳以文，直接和林家長公子槓上。

「你那個噁心的癖好作賤自己就算了，可別把別人家正常的孩子給拖下水。」連海聲滿嘴辛辣，並不在乎眼前這人是林家的家主候選人。

「我沒有那個意思。」林律品下意識駁斥，才發現他間接承下連海聲對他的毀謗，不禁惱火。「他又正常到哪裡去？他會在你身邊還沒沒無名到今日，難道不就是他有精神疾病嗎！」

「什麼神經病，你才神經病！」

林律品本來還想嘲弄幾聲，但當他眼角瞥過默不吭聲的吳以文，頓時說不出話。他收拾不了自己製造出來的殘局，選擇擺爛，回到駕駛座上，之後再叫林律行來替他道歉。

當跑車駛出街角，林律品卻從後照鏡看到吳以文對他揮手道別，依然是那副發呆似的撲克臉，讓他不見很久的良心抽痛一下，忍不住拿起手機打電話回家。

「阿行，我對一個小我四歲的男孩子遷怒，我眞是個爛人——」林律品哭天一陣，希望有人分享他此時的悔恨。

「你本來就是個沒節操的爛人，快回家吃晚飯！」林律行一向有話直說。

又到了古董店的晚餐時間，大叔在櫃台晃著短腿，店員在廚房忙著，外頭的喧囂也無法影響他們安詳的時光。

「叩叩。」大門傳來可疑的敲門聲，不過，嚴清風卻連個人影也沒看見，難道有不要命的敢來這裡惡作劇？

直到吳以文從後頭穿著圍裙出場，惡作劇犯人才探出修長的上半身，綻開冬陽笑靨。

童明夜做出阿米哥的招牌動作，以指揮紅燈右轉作結，這是他們研發出來情比金堅的暗號，吳以文乾淨俐落地跳一段PaRaPaRa回覆。

——阿文，那個漂亮人妖死了嗎？

——老闆在休息。

於是，趁可惡的店長體虛管不到邊，童明夜開心闖進來跟店員擊掌，琉璃大門被熱情推開一百八十度。

「你們這裡不太乾淨耶！」童明夜向外頭吹了聲口哨，順手掏出慣用黑槍，從尚未關起的大門門縫連開三發。

遠處隱約傳來慘叫，童明夜帥氣地朝槍口吹氣，吳以文負責拍手鼓掌。

嚴清風看得目瞪口呆，再次證實推論：這家店的相關人士，都該被抓去蹲牢房。

「喔喔，這就是善解人意的『風風』？」童明夜發現小動物大叔，開開心心和嚴清風握手。

嚴清風看著小店員的好朋友，總覺得有些面熟，一時想不起來在哪裡見過。

「阿文，我收到很多新衣服，跟你很搭喔！」童明夜用力把背包扔到櫃台上，從裡面拿出各式流行款式，一大把塞到吳以文手中。「這件黑色的跟這件黑色還有這件黑色！」

童明夜瞄到露出銀紋的藍袍，趕緊陪笑塞進最底層，可是繡著「丁」字的衣領卻從另一邊蹦出來，害他以為背包被詛咒了。

吳以文照單全收，什麼也沒說。

「哈哈，其實我有事想拜託你啦！」童明夜總算藏完九聯十八幫的幫服，雙手合十，向吳以文低身一拜。「阿文，有沒有剩菜剩飯？」

吳以文點頭，捧著黑色系衣物走進店後。童明夜目送小廚師離去，開始把玩櫃台的小玩意兒，完全不怕被宰。

「你跟那孩子？」嚴清風小心探問著。

「我們是拜把的好哥們！」童明夜毫不猶豫地回答，爲此露出驕傲的笑容，「還有一個外表品學兼優，內在絕對不正常的小少爺。」

嚴清風大概理解童明夜想陳述他們三個是好朋友。

吳以文提著布質環保袋走出來，童明夜二話不說撲上去，打開比想像大二倍的貓咪袋子，熱氣泛上眼前。

「阿文，我說吃剩的就好……」童明夜傻傻望著豐盛非常的餐盒，還有剛出爐的西點麵包，冰涼的乳酸飲料加一壺燉湯。

「明夜，吃胖一點。」吳以文整袋提過去，硬要童明夜收下。

便當袋被丟在一旁，童明夜忘情地把吳以文摟進懷中，用全身的情感緊緊抱著不放。

「我眞沒資格說律人，媽的，超想把你娶回家。」童明夜把臉埋進吳以文肩上，吳以文就任由他在身上哽咽。「你都不計較什麼，總是對我很好，我卻只會利用你的溫柔……」

嚴清風不明白一個未成年的孩子，為什麼話語中藏著那麼深的身不由己。

「明夜。」吳以文輕輕拍著好友背脊。

「嗚，阿文，再讓我哭一下啦！」童明夜拿圍裙擦鼻水。

「老闆。」

童明夜瞬間轉頭，眼角還掛著一些水氣，看著披著長髮的店長幽幽現身。被女朋友的老媽子捉姦在床，大概就是這種滋味。

「阿文，沒辦法了。」童明夜抓起吳以文的雙手，陪角頭大哥去談判都沒有此刻誠懇。「我們私奔吧！」

「風風，打一一〇。」連海聲笑容可掬到令人膽寒的程度。

「海聲，就我所知，這家店才叫罪大惡極。」嚴清風拿起話筒。

童明夜這才依依不捨放開他可愛的小文文，他前科太多，再不快點閃人，高中生涯就掰掰了。

「有件事，不曉得該不該說——」嚴清風蹙著眉頭，眾人焦點落在法官大叔身上。

「你的模樣很像攻擊我的司機。」

童明夜怔住，隨即尖叫出聲。

「老爸！你是嫌仇家不夠多嗎？黑白通殺！」

連海聲冷笑道：「找到凶嫌了，可喜可賀。」

「請原諒我爸爸年輕不懂事！」童明夜立刻雙膝跪下，雙手合十，懇求在場男士高抬貴手。

嚴清風只是急著追問：「能夠聯絡上你父親嗎？」

「直接問他更好。小子，你之前不是混過慶中？認識慶中少主對吧？」

「夏節哥哥？」

嚴清風聽見保鑣的名字，神情不住激動。

「我只要夏節平安，一切都好談！」

「我知道他之前去出任務，他說過那個大人物待他視如己出，他很感激……但是除非他死，不然他不可能背叛幫主。」

童明夜所認識的慶中幫主什麼不會，就是會控制人心，要錢的給錢、要女人給女人。他曾目睹那男人親手把他的養子打得半死，但夏節哥還是匍匐爬了過去，卑微地蹭了蹭幫主的皮鞋底。把義子豢養成忠犬。

夏節無名無姓，只有幫主給的「稱號」，溫柔良善卻得了曾被母親用心疼愛著的他想像不來的病症，好比吳以文之於連海聲，沒有道理地死心塌地。

連海聲的笑聲雪上加霜地響起：「法官大人，擄人未遂，你已經做好讓你心疼的小保鑣鋃鐺入獄的準備了嗎？」

「當然，這是他應負的罪責。」嚴清風雖然神情痛苦，但語氣沒有一絲遲疑。

童明夜抱著大便當，退離青天大法官兩步。

「阿、阿文，我先回去了……」

「少年，請你幫助我。」

「你是個好官，但我去求天海老爺子也不會拜託你。你們這種從出生就能光明磊落活著的高等人，不可能明白我們身不由己的心情。」

嚴清風說不出話，連海聲向前一步，用身高優勢壓住童明夜的蠢腦袋。

「小混混鬧什麼彆扭？快把你殺手父親的行蹤交代出來！還有以後不要來白吃飯也不准接近以文，給我切八段吧！」

「咦咦？」童明夜雖然這一年來身高很有長進，但仍然對付不了連海聲強大的氣勢，店長大人看他的眼神，擺明像是看著資源回收的垃圾。

「我想想，要安什麼罪名送你吃牢飯，把你那個該死的老爸逼出來？」

正當童明夜就要落入店長的魔爪，吳以文一把扛起比他高挑許多的好友，連著便當大步送出店鋪。

「老闆，去倒垃圾。」

連海聲氣得大罵：「吃裡扒外的臭小子！」

吳以文把童明夜扛到巷口的垃圾子車，但沒有丟進去，只是把無精打采的友人放下，像個老媽子理了理他的衣襟。

「老闆趁機報復天海老貓欺負我的事，明夜不要放在心上。」

「阿文，說起來是你把老爺子氣到冒煙才對。」

「明夜，不要進黑社會。」

童明夜低下頭。這是吳以文最常囑咐他的話之一，僅次於「吃胖一點」，他家阿文就是這麼溫柔的孩子。

「沒你想得那麼糟，我現在只是掛著天海少主的身分，老大們都對我不錯，還要把女兒嫁給我呢！哈哈，我是有想過去唸體院，出來當老師，但我這個背景，到頭來大概也沒有地方可以去……」

吳以文面無表情，但童明夜還是能感覺到好友無能爲力那種不甘心。

「我們是朋友嘛，所以你當我是朋友就夠了，不用對我太好。」

吳以文沒有理會他的建議，伸手摸摸他的臉，童明夜輕輕靠上溫暖的掌心。林律人總是抱怨吳以文比較疼他，童明夜遺憾承認，這的確是事實。

「學姊說她受益於血親，沒有辦法割捨。明夜不一樣，你是好孩子，不要踏進去，進去就出不來了。」

童明夜因爲吳以文體貼的理解而落淚，寧可他一無所知，因爲只有經歷過不幸的人，才會了解身不由己的無奈與哀愁。

倒完垃圾，吳以文因爲好友的事被店長罰跪，頂著一只青釉辟邪，端正跪在櫃台邊，連海聲忙到煩躁，還能提腳踩店員的背出氣。

嚴清風盡其所能勸說，但連海聲就是不理他，吳以文又是那麼乖巧，被踩還往店長美麗的長腿窩去蹭兩下，他一個借住的外人實在無能爲力。夏節總是謙恭喚他「先生」，或許也認知到他終究是個袖手旁觀的外人。

銅鈴清響，從店門拂來悶濕的水氣，造訪的是一名身穿黑綢晚禮服的女子，眼瞼上了一層金砂亮彩，雙唇含著水嫩的粉紅，及腰的長髮燙得微鬈，柔順垂在豐滿的胸前。仔細一看才辨認出那是名年紀尚輕的少女，一雙大眼幽幽望來，正對連海聲低睨的鳳眸。

「學姊！」吳以文低呼一聲，似乎想蹦上前去迎接，但礙於店長大人的淫威沒有動作，只能目不轉睛看著盛裝造訪古董店的公主殿下。

陰冥淡漠看了店員一眼，輕聲道：「別跪了，起來。」

連海聲高挑起眉，一個還沒發育完全的小妮子憑什麼在他地盤發出這種自以爲女主人的口吻？

「笨蛋，給我跪到死！」

陰冥看向始作俑者店長大人，知道店員不可能反抗他的命令，即使是有口無心的情緒性言語。

「請你讓他起來說話好嗎？我不想看他卑微的樣子。」陰冥低身請求。吳以文每次造訪她家，總對她母親的好意念念不忘，特別欣羨她們母女融洽的相處互動，總是看得目不轉睛。他什麼也沒說，卻看起來很可憐。

有些女性喜歡憐憫他人來突顯自己有愛心，陰冥隱隱帶著怒氣的口吻，反倒讓連海聲有眞實的感覺。她大概是目前年輕世代背景最雄厚的未婚配女子，黑白兩道通吃，林家也放風聲想作個媒。連海聲倒是沒想到堂堂一名大小姐，感情如此豐富。

店長忍不住勾起唇角：「文文，起來，泡杯茶給客人。」

解除禁令，吳以文蹦地起身，先過去握了握陰冥的小手，才返回廚房忙碌。陰冥下意識藏起留有餘溫的雙手，而連海聲都看在眼裡。

「我這次來，是希望能見嚴清風先生一面。」陰冥朝嚴清風頷首致意。她盡量把平時寃魂式的說話語調加快一些節奏，表現出上流社會的千金氣質。

「風風很可愛。」吳以文端來熱茶，熱情地補充說明。

「不，絕——對——不是你這種原因。」陰冥快狠準否定吳以文的發言。「嚴法官，請容我爲先前天海的失信向您道歉。」

嚴清風這才知道陰冥是天海幫幫主掌上明珠的明珠，如果陰萬那個老傢伙來賠禮，他就昂首受下，但面對二八年華的楚楚少女，他連忙扶起她肩頭。

陰冥抬首就看見在一旁守著的小店員，適時端來微溫的馬克杯，還不停對她眨眼；陰冥轉頭當沒看到。

「另外，我外公很容易從片面資料做下武斷的結論，請恕我代他聲明婚約作廢的事，二堂主的妹妹已經有未婚夫了。」

「還好，天海不淨是蠢材。」連海聲指尖撥弄著要釦不釦的衣領。

「天海並不想向你示弱。」陰冥迎向對方興味盎然的目光，她知道對方正在品評自己。「但就我所知，與你爲敵必須承受更大的風險。所以，求和。」

「再說吧。」連海聲抽起一旁的文件，墨水筆畫下字跡。「我很好奇，妳外公膝下無子，那麼，下任天海幫主有意於誰？」

陰冥對這個黑道人人噤聲的火熱問題，用她垂得只剩下四分之一的眼眸回應。

「連海聲，你是個不甘寂寞的人，但要以小搏大，你已經沒有那個籌碼。」

連海聲呵了聲，要是他想，轉手就能讓眼前的小公主成爲他賭桌上的賠注。

「這裡很漂亮。」陰冥意有所指，還沒說完就被吳以文出聲打斷。

「謝謝學姊！」

「笨蛋！」連海聲和陰冥異口同聲罵道，吳以文亢奮的情緒根本不適合眼下暗潮洶湧的氛圍。

陰冥勉強回到原本的話題：「……越美麗的事物，越是易碎。」

「就像學姊的筆電一樣！」

陰冥不由得氣炸：「你下次再亂動我電腦，我絕對不會放過你！」

吳以文把她視爲性命的筆記型電腦重設成小貓咪桌面，待機畫面也是滿滿的小貓咪，比她母親把兩人吃點心合照放在客廳茶几還要煩人！

嚴清風在一旁可以看出少女對男孩的重視，但遠遠不及小店員表現出來的好感，比平常多了至少兩倍情緒反應，眞可愛。

連海聲當然也看得出來，所以店長臉色很難看，感情就怕受制於人。可以利用的人，不管西施還是無鹽，只要家世夠強大就好；但當笨蛋店員可能反被利用的時候，他不得不去考慮對方的人品。

陰冥被吳以文屢屢打斷談話，再接再厲繼續協商談判。

「總之，你這家店沒有足夠庇護嚴法官的能耐，只有你和這個笨蛋，遇襲的應變能力不足。」

「如果我把這小老頭交給妳，妳以爲九聯十八幫和司法院長勾結的消息不會散播出去？那些人等著看呢！到時他身敗名裂直接下台，不正合保守派的意思？還是說，妳會拜託妳父親那邊的人馬？」

陰冥抿緊唇，不想提起父方的勢力。

「那就交給警方處理，怎麼也不該輪到你頭上。」

連海聲偏頭一笑：「風風，怎麼不叫警察來呢？你不相信公權力嗎？」

嚴清風說不出話，他在這裡而不是接受公家保護，就是在等一個挽回的機會。

「哼，嘴上說要公事公辦，還不是偏袒私情？」

「我不能看著夏節被銬上手銬。」嚴清風苦澀承認，吳以文現在大概已經發現他只是個言行不一的庸俗大叔。

「他背叛了你。」陰冥不得不指出黑社會的大忌。

「我是長輩，小孩子不懂事，可以原諒他。」

連海聲不由得嗤笑一聲：「小孩子？」

「海聲，這社會很多人一把年紀，仍然無法成熟，就像你一樣。你因爲太自傲，更不可能學著去改變。」

連海聲本來就討厭人家囉哩八嗦，嚴清風還在兩個小輩面前給他訓話，氣得大喊「關起來、關起來」。吳以文只得兩手從肩膀攬過大叔，把嚴法官帶去客廳歇息。

現在店裡就剩店長大人和陰大小姐兩相對峙。

「我知道你是誰。」

「他上次查案，妳既然能給他那麼多線索，我不意外。」

「你把事情鬧這麼大，慶中不可能放過你。」

「哈，正合我意。」

「你再這樣亂下去，很可能會讓這個國家步入滅亡，因爲我們已經沒有另一個『延世相』把持國政。」

「妳也知道這個日暮途窮的小國能再繁榮起來是誰的功勞，很多人都知道，但你們還是選擇拋棄我這個『外人』。這個虛僞可笑的國家亡了，也只是剛好而已！」

陰冥搖著頭：「你不明白，就是因爲你選上這塊土地落腳，這裡才會被盯上。你始終是混亂秩序的罪魁禍首。」

「延家對妳父親發話了嗎？」連海聲口氣森冷起來。

陰冥從小看著人們在家門來來去去，有的瘋了、死了也有，不從願的人不敢冒犯她父母，只能隱晦地詛咒她日後會承擔所有罪孽。她一心只想避世生活，但當吳以文因緣際會撞上她面前，她才真切明白自己不可能逃得過命運。

「我只是不想再看見悲劇發生，請你收手。」

「果然是個天眞的大小姐啊！」

陰冥不是不了解連海聲的性格，吳以文被店長欺壓的種種苦水她早聽到耳朵長繭，但她還是來到這裡提出忠告。

「連海聲，再這樣下去，你恐怕會連命也不剩。」

「我已經一無所有，有什麼好怕的？」

陰冥凝視櫃台後方，吳以文正從手工編織的門簾後冒出頭。連海聲本來還有一肚子禍國宣言要講，看到笨蛋店員，不由自主嚥回去。

古今中外，不論戰爭的屠夫還是貪婪吃食人民血肉的暴君，身邊都不該帶著一個死小孩，會讓魔鬼的氣焰被奶味抹滅殆盡。

「老闆，你還有我。」

——尤其當小笨蛋又對他眼巴巴說著蠢話的時候。

「送客！」連海聲從櫃台起身，頭也不回走向店後廁所。

「老闆？」吳以文一直到看不見店長臨陣脫逃的身影才轉過頭。

「害羞了？」陰冥搞不懂這對主僕，到底是誰拿誰沒轍？「好了，又是一次失敗的交際，我要回去了。」

吳以文卻抖擻精神，拉過公主殿下，跟她一一介紹自己守護的小東西。水晶櫃裡有不世出的雞首壺、魚紋洗，也有上次她送的白瓷貓偶，看久了就能意會店員特有的展示邏輯。

「這個月是動物系列！」

陰冥低身靠著男孩肩頭：「他就這麼由著你嗎？」

吳以文點點頭，店員的職責包山包海，也包括店長賞賜的這點布置權。

「你知道他的祕密之後，有想過對他坦誠嗎？」陰冥細聲地問，吳以文睜大眼，似乎不明白她的暗示。「其實不會太難查出來，加上我家庭背景的關係，還有殺手執意要連你一起滅口，不可能沒有原因。」

店外亮起車燈，陰冥挽起髮鬢起身。

「平陵延郡。」她說，吳以文沒有表情變化，任由她輕步離去。

她知道很多事，連他是個騙子都知道。

陰冥來訪之後，店員免除罰跪，回到他的崗位上。

「海聲，你叫那孩子去做什麼？忙到現在還沒休息？」

「整理房間。」連海聲漫不經心應答一聲。

嚴清風皺起眉，小朋友的睡房兼書房除了小了點，娃娃多了點，明明就是一塵不染。

「老闆，內──褲──要放進洗衣籃──！」後面響起嘹亮的叮嚀，害得嚴清風被果汁嗆到。

眞相水落石出，店長都沒有成年男子的榜樣，從來不會收拾自己的臥室。

連海聲握筆手指一緊，這筆帳先記著，等下出來再打。

「海聲，你這樣一個人生存得下去嗎？」大叔眞心替店長憂愁，他剛好瞥見走道上捧著成山衣物的店員，向吳以文揮手招來。「衣服晚點洗，來來來，我們聊聊天。」

吳以文放好衣物小山過來，可是怎麼看都沒有就座的意思。他看著店長，一直看著，店長不理他，突然手上的營運資料和墨水筆被俐落抽走，快得見不著影子。連海聲哼笑，嚴清風勢必要阻止接下來的酷刑。

「華醫生說老闆要多休息。」

「喔？你什麼時候變成她家養的狗？」從數落的程度可以探知店長心情不好。

「老闆要多休息。」

大叔看到小朋友身上散發出「打死我也不退卻」的氣概。

「你知道我每個月要賺多少錢來浪費在你身上？」

「不用薪水沒關係，老闆要多休息。」女魔頭醫生已經用冷笑來警告了。

當一個句子重複三次以上，就算霸道如店長，也難以撼動店員的決定。連海聲把文件扔往吳以文頭上，接過水和藥錠，被迫按時吃藥。

小店員在後頭忙完雜七雜八後，又出來替店長端上上好的香片，然後彎下腰身，雙手攤在連海聲面前。

「老闆，請借我小銀XYZ。」

「海聲，那是新型戰艦嗎？」對大叔而言，小銀系列都是不堪回首的交通工具。

店員說的是店裡收藏的一把古劍，傳奇鬼匠的封山之作。傳說出鞘必血濺三尺，盜墓者爲此殺個你死我活，最後被店長無良坑來。嚴清風看完店員找給他不眞不假的私人展覽簡介，讓他眞想找個機會徹查這家店的不法勾當。

「想幹嘛？」

「話劇的道具。」吳以文拖到期限將至，只能如實以對。

「什麼話劇？」連海聲挑了下眉。

「綠野仙蹤。」

「那是什麼?京劇嗎?」連海聲不以爲然地哼斥一聲。

店員眨了下眼，大叔不敢置信地張大嘴，店長對他們的反應很火大。

「老闆沒有童年?」

「孩子，不可以說出來!」嚴清風把吳以文拉來身邊，不忘投給連海聲憐憫的目光，店長捏爛手中的廢紙。

店員風速跑去房間翻書包，又火速拿來印刷精美的半身大傳單，雙手拉開，海報的彩色鉛筆畫活潑生動，十分引人注意。

「老闆，有托托。」店員一直認爲小貓咪是整部戲的精華所在。

「有參加嗎?」連海聲難得端詳起傳單裡的美麗花海。

吳以文點頭，大叔也認眞地一起點。

「演什麼?路人、行道樹、小蜜蜂?」

「桃樂絲。」吳以文收到嚴清風的提示，再對店長做點補充。「女主角。」

連海聲抓著傳單的手滑下一些:「這個中間綁辮子的?」

吳以文戰戰兢兢地點頭。

連海聲板著美麗的臉孔，墨水筆隨手在白紙上撇下幾筆。

「竟然跑去演女人？能看嗎？」店長都不檢討一下自己長什麼樣子。「自己去拿，敢弄丟就試試試看。」

「謝謝老闆。」吳以文九十度一鞠躬。

「海聲，這星期日有空嗎？」嚴清風好想把這張俏皮的傳單海報貼在辦公室向大家炫耀。「市立女中，幾步路就到了。」

吳以文僵住，他的抽屜還有家長會、升學研討會、一等中親子活動報名表和親子烤肉大會，一大疊被店長直接畫叉的廢紙。

「好吧，反正閒著。」連海聲隨口應下，繼續批改一群商場蠢材呈上的提案。

大叔向店員比出勝利手勢，有他出馬保證沒問題。

吳以文突然用力抱一下冷淡的店長，然後蹦蹦跳跳跑到後面去弄點心了。

「這孩子眞可愛。」嚴清風向掉了滿地文件的店長，笑咪咪地說。

幾經波折，終於來到話劇展演當日，吳以文起了個大早，在廚房忙著準備表演團員的大便當，賣相絕佳的三明治和海苔飯糰一層層疊上野餐籃。因爲平時帶去公園的竹籃子拿去晒太陽，所以店員從倉庫拿出明末官宦人家的漆彩食盒代替。

嚴清風在一旁陪著試菜，吃得老肚子都鼓了起來。

從男孩嘴邊輕快的歌聲，可以感覺得到他相當期待這次演出，和店長首度蒞臨捧場有絕對關係。

「風風，我在台上看觀眾很開心，希望老闆也會開心。」

「一定會的。」嚴清風慈藹保證道。

等吳以文像個外送店員用自行車載著食盒出發，嚴清風回到店裡看了一會兒書，看看時間也差不多了，去主臥房叫店長起床。

「幹嘛？滾一邊去……」

聽連海聲綿軟的抱怨聲，就知道他根本忘了今天要看戲。

「海聲，像個大人，快起來吧！」

過了十分鐘，受不了嚴清風咀嚼水煮花生（店員做給風風的點心）聲音的店長大人，終於滿懷起床氣地爬起身子。他裸著白皙的上身，長髮披散、美目低垂，嚴清風不得不讚歎眞是好景致。

「看什麼？」

「海聲，你眞的很美。」

「還不是人工的……」連海聲想起什麼，遮著側臉戴上變色片，不帶一絲差點被抓包的慌亂。

嚴清風沒發現，只是提醒店長開演的時間快到了，加緊動作。

銅鈴清響，這種時候不知道什麼客人會上門，嚴清風盡職地跑去應門，卻意外看見他日思夜想的那人。

「夏節？」

嚴清風記憶中那張謙遜而俊逸的臉孔，狠狠被瘀青和怵目的傷痕所踐踏，神色蒼白又虛弱。他的身體因憤怒而顫抖，跑向他視如己出的孩子。

「你還好嗎?他們怎麼可以這樣對你!」

年輕人垂著臉，搖搖欲墜，幾乎站不穩腳步。嚴清風知道他在發抖，輕輕撫著他的臉頰，他絕對不會原諒傷害他孩子的人渣。

「先生，對不起，我眞的很抱歉……」夏節努力抑止喉頭竄上的哽音，舉起槍，對準嚴清風的胸口。「請跟我走，不要抵抗……求您不要抵抗……」

嚴清風沒想過事情會演變到這個地步，人來了卻回不來，一片空白的腦海，猛地記起要命的重點。

「好。」他得馬上離開這家店，越快越好。

然而夏節卻沒有離開的打算，眼神定在櫃台後方的通道。

「不想死就出來。」

「我是無辜的。」連海聲刻意擺出雙手投降的姿勢，漫步走近櫃台，悠閒地倚在桌緣。

「如果不趕時間，要不要喝杯茶？」

「海聲！」嚴清風說什麼也不能牽連旁人。

「要不是你從中作梗……」慶中少主冷冷出聲，一改嚴清風記憶中溫柔的語調。

「慶中早就可以把嚴大法官監禁、拍裸照、分屍了，做得好啊！」

嚴清風看慣店長老不正經，這時突然覺得連海聲輕鬆自在的笑容很可怕，他竟然在這種情勢下還能肆無忌憚嘲弄對方。

「幫主要和你算總帳。」夏節往包圍古董店的人馬下令，「抓起來。」

連海聲自個兒走來忠狗面前，好心讓廢物們少花一點力氣。他的棋局終於走到這一步，即將迎來毀滅性的大勝。

「海聲，小文怎麼辦？」嚴清風悄聲問道。

「閉嘴！」連海聲囂張的笑容頓時垮下。

十、血與玫瑰

楊中和來到市立女中校門，放眼望去熱鬧滾滾，不愧是全市第一的中學，校慶引來各校高中生共襄盛舉，不像一等中放假了事。

他沒想到女中竟把他們話劇的看板立在校門口，規模直比摩天大廈的房地產廣告：右邊那個演稻草人卻連個斗笠也不戴的王子，穿著ＲＰＧ遊戲的傳教士金紋白袍，但不難看出骨子底還是個王子；左邊那個怎麼看都像會跟公主結婚的騎士的樵夫，眼神憂鬱迷茫，完全不像平時的小混混痞子男。

重點是，中間偎在稻草人懷中讓錫鐵人脫鞋的那個嬌媚女孩是誰啊？誰來告訴他這張放大到極致的劇照到底是什麼時候拍的？

銀灰色腳踏車冷不防逼近楊中和身邊，被練就的警覺心讓他立刻遠離三大步。不料，自行車桃樂絲單手輕鬆轉向逃跑的小獅子，非人的臂力直接把人逮上腳踏車後座。

「放開我！」楊中和才不要和小蓬蓬裙同學共乘一台殺人自行車。「你竟然敢這樣子騎來，是不是人啊？」楊中和看他同學載著沉重的便當，單肩又揹著可疑的木匣，還能騎得四平八穩。原來這台腳踏車不只能當凶器，而且很耐操。

「不好看嗎？」快變聲的男音顯得有些低沉，但是一唱歌又是另一個世界。

「不要以爲裝委屈我就會心軟。」楊中和覺得整個女中的視線都落在他們身上，他同學都不曉得沒化妝的少年充其量只像個人妖。「腳不要抬太高啦，內褲都露出來了。」

「班長，老闆要來看表演。」

「知道，你說十幾次了。」他聽得耳朵都快長繭了。

「希望老闆會拍手。」吳同學瞇起雙眼。「我作了一個夢，我去遊歷～經歷多麼危險又有趣～」

吳同學一路哼著歌，楊中和不住嘆息，他們隨著自行車的雙輪來到在市立女中操場搭建的舞台。

「阿文小親親，一夜不見，如三秋兮！」騎士少年奮力撐起全身的鎧甲奔來，就是爲了飛撲車上的人兒。

「明夜。」自行車駕駛直接跳車換成走路牽著，動作流暢，無懈可擊，只是害乘客險些心臟麻痺。「我把獅子載過來了！」

聽了這般炫耀似的口氣，楊中和已經無淚可流。

「後面那個誰。」童明夜這麼親切喚著，「阿人和我會記掛你一生一世。」

楊中和抖著唇，他寧願把這項殊榮拱手讓給他們。

「以文！」緊接而來的是把自己弄得美美的稻草人，那種驚喜的神情眞像偶像劇相隔多年異地重逢的女主角。林律人不失優雅地跑步過來，第一件事就是拉好蓬蓬裙的裙緣。

「那個後面的誰，不要把我的忠告當耳邊風。」

可惡，他們都排擠他，可楊中和必須說，他從頭到尾都不是自願的啊！

「喂，吳以文，你看我帶了什麼過來？」人影未見聲先至，林律行一身便裝，輕巧從十尺外翻身到吳以文面前。「這可是旗屋的鯛魚燒喔！」

胖嘟嘟的魚身裡富含飽滿的紅豆餡，吳以文雙手接過。

「謝謝。」

「糟，我不該認爲你二表哥只是個小精靈。」童明夜看著吳以文抬起魚，左右小晃一下。

「小行哥哥！」林律人忍不住出聲喚醒對女主角笑個不停的林律行，原本以爲林律品滾出國後再也不會有後顧之憂。

「放心啦律人，我也有準備你的份。」林律行某方面確實是純眞的森林小精靈。

童明夜賴上林律人的背，趁機拿起芋泥口味，這樣才能幫好朋友吃鯛魚燒。看吳以文尾巴咬得那麼開心，一定好吃極了。

遠方又衝來另一道人影，烏亮的馬尾甩呀甩著，短袖下的玉手才不管人家甜點只吃到一半，快狠準地把童明夜從林律人身上勒下來。林律行都不禁爲來者的好身手眼睛一亮。

「小姐，有話慢慢說……」童明夜伏在草地上猛咳嗽，連遮掩他和丁擎天是舊識這點都忘了，死因差點就是鯛魚燒。

丁擎天同樣喘個不停，但她沒有時間，立刻抓起童明夜的領子大力猛搖。

「夜！你有沒有辦法打贏夏節哥？」

「夏節？」吳以文放下吃一半的紅豆餡。

「總之，出事了！哥哥他們都在想辦法阻止慶中做傻事！可是現在還不能確定地點！」丁擎天雙手還是沒放過童明夜的衣領。「你既然在慶中待過，那就得盡一分心力，這是規矩！」

童明夜避開丁擎天的目光，爲難笑著：「等我演完這場再說……只要在學校裡，我就是普通人，妳明白嗎？」

丁擎天放開手，神情歉然。在人家的朋友面前挖他的舊疤，她實在太衝動了。

「明夜，電話。」吳以文突然插入他們之中，向童明夜討私人物品。

雖然覺得奇怪，童明夜還是掏出粉紅小手機。他自以爲很了解他家小阿文，可是有時候他卻也看不出吳以文的心思。

聯絡人點選「小爹」，按下撥號鍵，很快地接通到遠端的通話者。

話筒傳來萬年不改的戲謔男聲：「喂，小夜親親呀……嗯，你不是我的寶貝兒子吧？」

吳以文望著人滿爲患的舞台下方，來賓席遲遲不見他所等待的人。

「他在哪？」

大笑從話機爆出，旁邊的人聽了頭皮不住發麻。童明夜慌忙想拿回手機，叫他父親別在這個時間點鬧事，卻被吳以文甩開手。

「他在哪？」吳以文重申一次。

「誰教他不聽勸告呢？」殺手嗤嗤笑道。

「他在哪裡！」

林律人和童明夜嚇一跳，他們從未見過吳以文大吼的樣子。

「呵，你最重要的寶貝，現在就在我手上。想要，就來拿啊！」

童明夜發傻接過吳以文扔回來的手機，看樣子情況很不對勁。開演前二十分鐘，女主角粗暴扯下身上的戲服，所有人看著他，他卻無視眾人目光。

「班長，衣服借我。」

「什麼？」楊中和瞬間被脫下身上的T恤，黑框眼鏡因而彈到旁邊的草上，他趕緊阻止對方當眾扒他褲子。「好好，我知道了！下面我給你就是了！」

槍林彈雨、黑幫大老都沒在怕了，可他第一次看見他同學慌成這樣。

眼看女主角轉身，就要拋下身邊的角色。林律人箭步上前，抓住吳以文的手臂。

「以文，你不能離開！」他不管連海聲究竟發生什麼事，反正不能放任吳以文往危險的地方闖，卻被吳以文狠勁抽回手。

林律人往後跌坐在地，鏡片下的雙眼怔怔望著好友跑遠的身影。林律行把表弟扶起身，他曾見過那張冷情至極的神情，所以什麼也沒說。

台下觀眾開始歡呼，此時熱烈的掌聲在他們聽來多麼刺耳。稻草人捂著臉，強迫嚥下忍不住的嗚咽；錫鐵人呆坐在草地上，手指無神撥弄著手機。他們連結束後要去哪裡慶功、狂歡，都已經計畫好了……

丁擎天撿起被遺棄的裙子，做工很好，實在很難想像吳同學花了多少心力在這上頭。

「不如，我來……演演看好了。」

林律人抬頭看了她一眼，童明夜擠出很苦的微笑。五分鐘後，就要正式上場，他們不知道這齣戲缺了那麼大一角，還能保留幾分完整。

丁擎天勇敢站上千人舞台，開始唱著走音的兒歌，鬧得台下笑聲不斷。後台人馬手忙腳亂，因爲道具的位置都是離場的那人負責準備。

「啊，獅子的耳朵在托托頭上！」楊中和最慘的地方就是身上只有一塊布，再這樣下去，很有可能脫光光帶出場。

下一幕的男配角也到處跑來跑去，地毯式搜索卻找不著東西。

「有沒有看到樵夫拿的銀劍啊？」童明夜哭著向天問道。

雨點，淅瀝落下。

市郊廢棄工廠，適合作爲窩藏罪犯的溫床。負責看守的人馬什麼也不用做，只是一股腦地打牌喝酒，因爲幫主早就把條子搞定妥當。

他們被找來做出幫派鬥毆的假象，刀槍無眼，不小心死了人也不奇怪，事後再在法院上道歉就好，關幾年就出來了。

正當他們想叫幾個小姐樂一樂，生鏽的鐵門卡嚓作響，一隻不像成人的手臂伸入他們所在的黑暗。紙牌和酒瓶發出的雜音一時停擺，所有人看向門口那名濕漉漉的少年。

外頭響起悶雷，少年半垂著眼，長劍隨右手滑開劍鞘，劍身詭魅的銀光亮在他深不見底的瞳中。

他們對他咆哮、怒吼，一擁而上，而少年的眼瞳自始至終都像是無風的鏡湖。

而後，下起一場腥風血雨。

等哀號幾不可聞，掌聲響起。

殺手愉悅坐在工廠廢棄的機台上，賣力拍手爲這場屠殺戲碼喝采，主角十足眞情流露，平時乖孩子的模樣實在太爲難他了。

「我第一眼見到你就知道，眞是上天的傑作。」殺手捧腹笑著，看著血水從少年臉頰滑落，那張清秀的面容卻還是如此安詳、寧靜。「不過羽翼是用血染出來的。」

男孩沒有理會殺手，只是拖著長劍，停在深鎖的鐵門前，不得其門而入。

「他在哪裡？」這嘶啞的聲音幾乎不像個少年。

殺手晃著手中的鑰匙，一邊亮出槍。

「你聽過薛丁格的貓嗎？」

少年以扭曲的姿勢抬頭，將殺手判斷爲「障礙」，必須消除。

「門打開來，連海聲死了；或者還活著，用你最喜歡的、娘們似的嗓音叫你名字。」

——文文。

在他記憶中，絕對無法割捨的存在。

「這樣好了，反正我對慶中老頭沒興趣，你陪我玩個遊戲：只要撐得住三槍，我就把鑰匙給你。」

沒等少年同意，殺手就開出第一發，子彈劃開少年右頰，他退也沒退，任鮮血流下。

「好可惜，差點就打瞎眼睛了。」

第二發，殺手決定瞄準胸口，想試試少年心臟停止之後是否還能維持強大的細胞再生能力。

少年口中發出一個單詞：「明夜。」

「哦？」

「爲什麼選明夜卻拋棄我？」

殺手槍口一偏，這槍射中少年左肩，血流如注。

「有趣，眞有趣！是你在說謊，還是皚給了假資料？」

「爲什麼把我丟掉？」

「我看資料，你被很多人丟掉過，正義有如吳韜光也是犯人之一。你看你自己，髒兮兮的，就是個沒人愛的垃圾。」

「明夜死掉的話，你就會選我嗎？『爸爸』。」

殺手毫不猶豫往少年腹部轟過一槍，嫌惡地看人跪倒在地，扔下鑰匙。

「法官大人。」

塵埃都因他發亮的美人兒動聽地呼喚一聲，輕輕柔柔，嚴清風如果不是和對方一起被綑在角落鐵架上，一定會帶著酥麻的骨頭，爬離三大步。

「海聲呀，又不是我指使別人把繩結綁在那裡，你臀部又那麼有形……啊啊，別踢我！」

嚴清風小心翼翼收緊十指，盡可能不讓它們貼上店長的屁股。

他們被禁錮在陰暗的小倉庫，霉味很重，連海聲除了自己的臥房，對其他地方都有嚴重潔癖，他臉色很難看、脾氣很暴躁，隨時會向大叔遷怒。

歹徒似乎瞧不起店長和大叔，兩人身上的束縛簡陋得很，一人被破蔴繩縛住雙手，一人的右腳被鐵鍊綁在牆柱上。可悲的是，這樣子的確有效地毀了兩個大男人的人身自由，誰教他們都是用腦型的。

連海聲扶著昏沉的腦袋，空氣太悶，消化器官立刻抗議起來，胃又從早上空到現在，不適地乾嘔一聲。

嚴清風看店長搖晃的腦袋，肩膀很有義氣移過去讓他靠。只是連海聲的劉海往往只沾了一下，又死要面子地抬起來，眞是個令人擔心、奸詐又美麗的人兒。

「海聲呀……」

「停！我很好！我好得不得了！只要你給我閉嘴！」連海聲在破百次的關心下忍不住破口大罵，火爆得很，有密閉空間恐懼症的嫌疑。

「不願意倚賴他人的人，通常也不知道該如何給予。你要放開心胸，小文才有好日子過。」

無疑地，連海聲沒力踹人的情況下，往日死對頭的老人家碎碎唸是他絕大的酷刑。倉庫的門打開，悄然走進捧著清水的年輕人。他低著頭，不敢直視嚴清風的眼神。事發至今，嚴清風還是不願苛責他身不由己的保鑣。

夏節緩緩將水分餵進嚴清風已經說到發白的嘴裡，就放下半杯水，縮著身子起身，眼珠再也沒有往昔發亮的光采。

「夏節，不要一錯再錯。」嚴清風苦口婆心勸道。

夏節停下離開的腳步，都已經背叛對方到這個地步，他所敬愛的老先生仍然不放棄像他如此卑賤的傢伙，他實在好恨自己。

「先生，即使你是位能平等看待世人的君子，也不會明白那種拚命找尋一片能避雨的屋簷是怎樣的感覺。明明只要一小塊棲身之地就足夠了，努力討好所有人，可是不小心生病，沒有辦法做事，就被扔出來自生自滅。雖然命很賤，可是我不想被拋棄……」

「阿節，你不要哭，我不會怪你……」嚴清風不知道他是以什麼心情把他的過去托出來，只知道自己心好痛。

「要不是養父收養我，我不會有今天，我不能違背他。」夏節深深向嚴清風行禮，他決絕的眼中看不到任何可以轉圜的餘地。「先生，在你身邊的日子我很開心，來世再報。」

嚴清風喚不回年輕人離去的背影，如果事情發生前他能多在乎他一些，或許就可以挽回一切。

連海聲伸出手，把人家剩下的半杯水拿來喝掉。

「我以爲你會笑我。」嚴清風悲傷難以自抑。

「白痴。」

「我的公正，只是立足在多數人的價值上。」

「這個國家的律法連嚇阻的效果都沒有，被抓的人自己活該。」

「沒有辦法溫飽，還要求他們遵守偏袒上層世界的道德嗎？」

「這個小破國家還沒窮得讓好手好腳的廢物活活餓死。」

「那小孩子呢？」

連海聲沒繼續雞同鴨講頂撞回去，因爲想起某雙握緊他指頭的小手。

「五年多前，有個案子雖然沒有被媒體報導出來，但我認爲它駭人的程度不亞於大禮堂爆炸案。你知道『大東亞國際醫學研究中心』嗎？是國內二十年來最大的外資投資計畫。」

「嗯，我一直覺得很奇怪，這麼大筆海外資金，爲什麼我會從來沒經手過這案子？」

連海聲低聲自語。

「你那時候還小吧？」

「少廢話，說下去。」

「是我的手下收養了一個智能障礙的小女孩，這案子才爆發出來。她本來懷疑醫學中心以研究名義輸入南洋毒品，卻在調查中途撿到身分不明的小孩子；那孩子什麼也不懂，只是反覆強調她要回去給醫生檢查。」嚴清風頓了下，試圖把小女孩和常人的歧異點說明清楚。「小女孩的字彙只有『醫生』，沒有『父母』，將她養育長大的對象是醫學研究人員。」

連海聲神情有異，但嚴清風想得專注，沒有發現。

「我手下深入調查才發現，『大東亞』做的是人體再生研究，也就是國際法明令禁止的人體複製。」

「那個孩子現在又在哪？」

嚴清風深吸口氣：「在她學會叫『媽媽』不到兩天，被大卡車輾斃。我手下堅持不是意外，是滅證的謀殺。她沒多久就遞上辭呈，和小女孩的遺體一起失蹤了。」

法官大叔來不及惆悵，連海聲喋喋開罵。

「你手下是傻子，你也沒好到哪裡。華杏林那女人絕對知道什麼，不然她不會放任屍體不見。」

「華法醫？可是她後來引咎辭職……對，沒錯，她明明是個沒道德的實驗狂，哪可能會有歉意？另外有一點很奇怪，這案子的責任竟然落在吳警官身上，可是吳警官當時在全力追查大禮堂爆炸案，這兩件案子爲什麼會牽扯在一塊……」嚴清風頓下話，試著抓住腦海中浮現的碎片。「海聲，你頭腦好，思路清晰，能不能幫我想想有何關聯？」

「平陵延郡。」連海聲幽幽吐出一個字詞，南洋資產最雄厚的大家族，富可比天。

鐵門再次開啓，領頭的男人獐頭鼠目，完全不打算遮掩嘴臉顯露出來的惡意，雙腿搖擺走向價值不菲的人質。

「我絕對會將你這個敗類繩之以法。」嚴清風簡單以對。

慶中幫主啐了唾沫，腳上皮鞋不由分說往嚴清風踹去。他身邊的夏節趕緊攔下施暴的腳，低頭用命懇求著。

「義父，您答應過我不會傷害他分毫……」

男人那一腳停住，轉而落在義子的身軀。

「夏節！」嚴清風失態衝向前去，忘了後面的人兒還有一條腿和牆壁有著親密關係。

連海聲痛叫一聲，又踹他一腳，這才讓嚴清風稍微冷靜下來。

「你死心吧，我不出席，這個法案就沒有決議的一天。」嚴清風不知道面前這個人渣到底了不了解公家做事的程序。

「你會因爲壓力太大，生了一場很重的病，命都快沒了。」慶中幫主愉悅告知眾人他所策劃的劇本。「法院上上下下都曉得你有一個非常信任的傢伙，就是這個。他會替你請好病假，換上我們的人。」

慶中幫主大力拉扯青年的髮絲，他只是默默承受。

「住手！我叫你住手！求求你了！」

嚴清風不顧自尊，吼著向惡徒求饒。這五年來，夏節略顯稚氣的笑容已經化成他心頭的軟肉。他的確老了，不再像以前爲了公理正義義無反顧，看看身邊，只剩遠渡重洋的問候卡片。這時候不禁後悔，要是能留下一個孩子就好了。

黑道送了個一問三不知的大男孩過來。要知道，他從不收禮。可是那天雨下得很大，房子看起來更空了，嚴清風勉爲其難接過黑社會的贈禮，一待就是近五年，也是他人生中最鮮明的五年。

「先生，您就不要管我了……」

「夏節、夏節，我的孩子……」

嚴清風看著他比親骨肉還要疼愛的青年卑微退到惡徒身後，喉頭竄上悲愴。

慶中幫主折磨夠了，扔下嚴法官，箭靶轉向連海聲。

「婊子，想不到有一天你會落在我手上吧？」

連海聲哼笑一聲，抬起絕美笑靨，令人呼吸爲之一滯。

「你爲什麼要百般阻撓我？」慶中幫主狠勁抓起比一般男人纖細的手腕，眼神似乎要將連海聲生吞活剝。

五年前，他躲過警方查案風頭，靠著南洋來的金援，差一點就成功取代天海幫聯共主的地位，卻受到不明人士阻撓，好像專門和他對著幹似地，讓他統一黑幫的功業功虧一簣。直到那個死要錢的殺手幫他查出始作俑者，他才憶起政商名流間，那張有意無意對他輕笑的臉龐。

「因爲我向來都是有仇必報。」連海聲回以柔笑，雙唇開闔，無聲說出六個字，慶中幫主臉色大變。

——大禮堂爆炸案。

「你是延世相的什麼人！」

「呵，我來這裡只爲一件事，想要卑鄙無恥的慶中幫主親口證實：是你放的炸藥嗎？」

慶中幫主驚疑不定，從未想過這事會追查到他身上，他明明處理得很乾淨，上下關係也打點好了。

連海聲仍笑著，就像笑話著一個縮頭儒夫；慶中幫主胸口一股氣竄上，大笑反擊。

「反正你們也不可能活著出去，我就說吧！對，就是我幹的好事，天海、東聯、西幫那些廢物都不敢接，就我慶中敢做這一票！爲了防止消息走露，炸藥還是我親手裝的，地下五個點，屋頂三個，裡頭有五十多個穿西裝的上流人士呀。我一按鈕，砰！全炸成灰啦！他奶奶的，過癮！」

嚴清風不可置信：「你這個魔鬼……」

慶中幫主洋洋得意，就是喜歡法官大人的反應，卻傳來一聲「白痴」，打斷他自鳴得意。

「眞是太白痴了，怎麼就死在這種白痴手上？」連海聲笑得停不下嘴，男人氣得把他踹倒在地，但他還是沒有停下笑聲。「嚴大青天、法官大人，聽到沒有？他親口承認殺了人、好多人，快把壞人抓起來……」

「海聲？」

連海聲伏在地上，笑得像哭號。律師、法官俱在，他終於拿到慶中幫主犯案的口證，完全證據。

五年了，那麼大的案子，卻沒有人能還她一個公道。他也只能搏命爲她申冤，她生前最信任的大法官正在看，可以瞑目了。

印。

慶中幫主抓起連海聲的長髮，帶著盛怒的巴掌甩下，白皙的面容立即浮起火辣的五指

「海聲！」嚴清風只能看著倒下的人有氣無力地扶起自己。

連海聲低首捂著刺痛的臉頰，咬破的唇角滑下血絲，仍然不改輕蔑的笑容。嚴清風很懷疑世上有什麼能夠打破這個人的從容。

「不要以爲你靠山多我就不敢殺你！」慶中幫主激動指著連海聲輕蔑的雙眼，恨不得撕開那張不男不女的臉皮。「他們會討好你只是因爲你有本事賺錢、值得利用！只要你死了、沒有用處了，根本不會有人在乎！」

男人掏出小刀，他對弱者的欺凌，向來說到做到。就在刀尖將要刨開令他深惡痛絕的美麗臉蛋時，銀光閃過，男人慘叫出聲，他的掌心被一把長劍貫穿，鮮血噴灑而出。

「誰！」夏節舉槍大吼，門口只有一名面無表情的少年。

吳以文翻身過來，避開一槍，在夏節射出第二顆子彈前，旋身踢飛礙事的短槍，飛出的手槍撞擊屋頂，而後加速降落在地。

兩人爲了搶槍纏鬥起來，拳拳到肉，那種骨頭的碰撞聲響，聽得旁人頭皮發毛。

「不要打了！」

只有一人聽見嚴清風的喝斥，夏節一個分心，胸膛被狠勁踹開，爭奪的槍就這麼落在

少年手裡。

事情似乎告一段落——如果連海聲的臉色不是如此凝重，嚴清風的確是這麼想的。

少年毫不留情扣下扳機，六發子彈全貫入年輕人身體。直到人倒在嚴清風面前，他仍不敢相信自己的眼睛。

手槍被少年隨手遺棄，他漫步走向倒地的慶中幫主，拔下長劍，任憑血花濺上沒有任何情緒的面容。男人像片蒟蒻般癱軟在地，排泄濕了整片褲襠。

「別過來，不要殺我……」

少年用長劍固定男人妄想爬離的身軀，踩下他輕薄的雙手，小指、無名指、中指、食指……骨頭碎裂的聲響不斷響起，男人痛得號叫不止。

太吵了，少年的鞋底堵住他的嘴，一點一點加重力道，紅色液體從男人的口腔冒出，腦門就要破開。

「文……」

少年沉浸在這般腥甜的畫面。

「以文……」

有雜訊。

「以文！我說，住手！聽到沒有！」連海聲幾乎喊盡胸腔最後一絲空氣。

少年轉過頭，慢得像故障的放映機，似乎在確認眼前這個盛怒至極的美人到底是誰。

「老闆……有沒有受傷？」

他一出聲，嚴清風終究不得已承認少年的身分。

「你來做什麼！」連海聲眞不知道該如何收拾眼下殘局。在司法官面前犯案，少年還沒開始的人生等同完蛋了一半。

「老闆有沒有受傷？」滿身是血的吳以文，呆滯站在連海聲面前。

好不容易醫得半好，現在又壞掉了，正式成爲連海聲最不想要的那種神經病傷害犯。

吳以文蹲下來，雙手環住連海聲的臂膀，看起來像是擁抱的姿勢，他卻連衣角也不敢碰觸，小心翼翼鬆綁背後的繩結。他知道這一次大概要被丟掉了，垃圾終究不會變成人，垃圾就該回到垃圾堆裡。

「笨蛋！」連海聲只是兩手緊揪著他的頭髮，然後用力抱住他。

於是，吳以文才敢伸手反抱住他以爲差點又失去的一切。過去到現在，不管他再怎麼骯髒污穢，這個人是唯一一片願意庇護他的屋簷。

尾聲、雨停

吳韜光就知道連海聲那傢伙送他名錶鐵定沒安好心，聲稱是那天鬧脾氣與他爭吵的賠禮，還對他款款笑著說：「韜光，從今以後一起養育我們的孩子好嗎？」以爲他沒老婆了嗎？

沒想到手錶裡頭藏了警報器，那家店一出事，就鬧得全世界都知道，把他當作隨傳隨到的忠犬。

他接獲大法官綁架消息後，即刻帶領大批人馬迅速移動至郊外的廢棄工廠，執法人員在他嚴謹的部署下，預備突圍。

太安靜了，吳韜光直覺不對勁，不敢掉以輕心。他聽見「叩」的一記像是子彈上膛的輕音，抬頭往上望去，工廠鐵皮屋頂站著身穿黑色風衣的男子，與黑夜相映成色。

「退後！」吳韜光向眾人大喝，瞬間立定槍口，槍響緊接而來，一聲貼著一聲，連續六響，不分先後。

他怎麼不認得這傢伙？黑社會無人不曉，由北丁南丁合力栽培出來的殺手，天海巨資延攬而去，收爲義子，一夕立爲九聯十八幫之首的下任幫主；卻背信忘義，恩將仇報——他殺了天海幫主的義女和未出世的長孫，也是自己的妻子和親生骨肉，震驚黑白兩道。

吳韜光與殺手交手無數次，對這男人再清楚不過，他就是個嗜血的瘋子。

「韜光親親，好久不見啦！」殺手向底下的吳警官親暱揮揮手。

吳韜光直接往對方沒老過的臉開火，殺手笑嘻嘻地閃避過去。

「我本來還很喜歡你的，可是今天我決定討厭你了！誰教你搶走我可愛的小貓咪！」

「去死吧！」吳韜光今日不射穿那張扭曲的笑臉，他誓不爲人。

殺手退到障蔽物後，用皮質黑手套撐著下頷，認真表示：「不過不得不說，那塊璞玉調教得可真好。」

吳韜光教導過的學徒中，只有一個少年有資格冠上玉石的稱號。

「閹，那不是你能動的人！」

「喲喲，擔心了、擔心了，這是鐵血無情的吳刑警嗎？啊，我忘了，你因爲延世相被調職了，現在是少年隊的人民保母，再也無法捉拿你最喜歡的壞蛋了，哈哈哈！」

「有種下來跟我打！」吳韜光被這番言詞激得火氣爆發。

「從警校畢業至今，年屆四十，一事無成，很惶恐吧？沒關係，我也一樣，不過人家都說我看來像小夜的哥哥喔！」殺手一指俏皮指著自己的娃娃臉，槍口對向吳韜光額前的白髮。「正義超人，你現在也該明白了，這個僞善的社會根本不想要得救。」

「神經病，我只知道抓了你，今晚就有很多人能睡好覺！」

殺手聳肩：「你還是一樣單細胞，這樣不行吶，老婆跑了都不知道。」

殺手說完，朝警車放了一槍，然後跑向大門反邊，隱沒在黑暗中，然後傳來重物落地的巨響。

吳韜光持槍追上去，最後卻空手而回。他臉上怒氣騰騰，沒有人敢上前勸他兩句。氣歸氣，但多年來偵辦刑案的歷練，吳警官仍是冷靜調度工作。

「第一小隊，破門！」

等警方打開通道，吳韜光身先士卒進入，見了現場狀況，垂下手中的槍。

「把所有醫護工具帶過來，叫救護車！」

工廠大門到內門間，有道血洗出來的怵目痕跡，在場員警無法想像案發當時的經過。

「你們是不會幫忙止血啊！」吳韜光循著紅色足跡前進，看凶手下手之凶殘，不禁握緊雙拳。「哪個禽獸？最好不要落在我手上！」

這時，半開的內門走出兩道人影，細柳般的美人半扶著少年的肩，拐著腳步迎向自由的出口。

吳韜光快步上前，看了眼一副嫌棄他動作太慢的可惡店長，隨即把關注放在被鮮紅色衣袍蓋住大半面目的少年。

「你怎麼會在這裡！」吳韜光只要一開口，任何關心馬上變成嚴厲的咆哮。

「別擋路。」鳳眼揚起，連海聲清楚表明吳警官此刻對他的意義就只是個路障。

吳警官和連海聲互瞪兩秒，果斷放棄在這種時間地點和店長抬槓。他伸手抓起吳以文頭上的布料，人卻反射性往連海聲那邊縮去。

「他嚇壞了。」連海聲冷漠地把男孩推開三寸，順便拍掉吳韜光的手。「吳警官，我們這些可憐的人質要回去。」

「好，等你們做完筆錄。」吳韜光開始指揮人馬搜尋銳利的凶器。

連海聲暗地捏了下旁邊的腰，吳以文只是拚命往他身上靠過去。吳韜光很快發現少年的異常，嚴法官有沒有在裡頭、是否生還……都不是那麼重要。

「你有沒有看到那個雜碎的臉？這些人好歹都是人生父母養的，怎麼下得了這種毒手？眞是垃圾！」

吳以文頭低低地搖頭，幾乎要站不穩。

「他發病了，以他的精神狀況無法作證。你讓開，我想帶他去醫院。」

吳韜光猶豫一陣，才同意道：「帶他走吧。」

「吳Sir！」和吳警官共事到現在，眾人第一次看他徇私。

「誰敢說出去，我就戳瞎誰眼睛！」吳韜光一放話，再也沒人阻擋，任主僕倆安靜離開。

夜色如水，自行車騎過冷清的道路，與鳴笛大作的救護車背道而馳。

吳以文踩著踏板，腳踏車車身鍊著警方遍尋不著的凶器長劍。連海聲因爲腳長，不得已側坐在腳踏車架，一手攬著店員的腰，一手拿來打店員。

「你眼睛是長到哪裡去！偏偏在嚴清風面前動手！我又不能把德高望重的法官大人弄成精神失常的人證！現在可好了！」連海聲頭痛不已，眞不想面對明早的晨光。

雖然清查結果沒死人，但傷殘的幫主、躺了一地的小嘍囉，加上對嚴清風心愛保鑣開的那六槍，重傷害的刑責怎麼也躲不過。

「怎麼會有人那麼蠢！你下次再無腦地跑來逞能，我就把咪咪丟掉！」連海聲覺得說出來的威脅非常之蠢，可是沒有好例子能讓他拿來當把柄。「說話啊？你充什麼啞巴！」

「沒有保護好老闆……」聲音很微弱，帶著說話者的不知所措。

連海聲累得快要摔車了，完全不想解釋明白，可是輕柔的句子還是不情願地從嘴裡吐出來。

「這次是主謀和幫手全是智障，不了解對我動手的後果，才會貿然綁架我。你老闆是什麼人？不乖乖待在店裡煮飯還來攪局，活太膩嗎？你一定要把你的缺陷告訴全世界嗎？我不是說過不准再發作了！再一次我就不要了！」

吳以文維持同樣的姿勢，只有雙腳死氣沉沉地重複踩踏。

「說話啊？你已經退化到說聲『好』都不會嗎？」

連海聲等了許久，還是沒有收到隻字片語，他探頭往男孩側臉望去，不再喋喋斥責，因爲吳以文在哭。他不知道有多久沒看到這孩子掉眼淚，幾滴水珠還順風淌在他臉龐，留有餘溫。

「文文，聽話，不要哭了。」

連海聲說完，原本壓抑著、斷斷續續的抽噎聲，竟然哭得更響，鼻水、淚水齊發，十足丟人現眼。店長徹底倒在那片染滿血污的背脊上，早知道一開始別撿回來，讓他自生自滅就好了。

「停車！」

吳以文被趕到後座去，轉而由連海聲握住車把，重新非法雙載。連海聲氣喘吁吁騎著單車，吳以文抓著他的衣襬抽泣。

「可惡，我受夠了，我要把你載去丟掉！」

不一會兒，大雨傾盆落下，店長大人最後什麼地方也沒去，還是把店員運回古董店，拖著濕淋淋的笨蛋去洗澡。

連海聲距離上一次挽袖洗東西已經是五年前的事，對象是同一個賠錢貨。吳以文半身浸在浴缸裡，任由連海聲脫下血衣血褲，拿海棉球用力刷洗。

連海聲看著男孩身上的傷口以肉眼可見的速度癒合起來，沒說什麼，只是嫌棄地拈起那頭雜毛。

「嘖，頭髮也沾到血。」

店長倒下洗髮精，但無論怎麼搓揉，店員沾血的毛髮還是結成一團，最後只能動刀剪掉。這一刀下去，劉海缺了一角，便乾脆一起剪短。

「都十六歲了，還要人洗身剪毛，你是貓嗎？」

「對不起，髒髒的……」吳以文低著頭說。

「你在我身邊，又怎麼乾淨得了？」連海聲攬著吳以文後頸，半跪在浴室地板，不管自己也一身濕。「明天你去認罪，在法庭表現得乖一點，我不會讓人欺負你，很快就會出來了。」

連海聲在路上想過無數次要帶男孩逃走，但他逃了一輩子最終仍沒有逃過命運，還不如去面對鑄下的大錯。

「老闆一個人，沒有人煮飯給老闆吃……」男孩的淚水跟著洗澡水泡泡一道流下。

「笨蛋，現在是擔心這種事的時候嗎？」

他不畏死，面對慶中幫主瘋狂的殺意都沒在怕的，只是被槍口對準時，總忍不住想著這孩子一個人該怎麼辦？

隔天頭條報導清一色爲大法官綁架案，嚴清風嚴厲斥責黑道暴力，卻隻字未提殺傷一幫黑社會分子的凶嫌。

知內情人士想到古董店慰問，那間店卻是黯淡無光，門板掛上「暫停營業」的木牌。

一星期後的星期一正午，十三班教室後門慘遭暴力推開。

「小文文，人家小夜子好想你喔！」童明夜熱情展開溫暖的懷抱，卻只見被消化餅乾哽到咳個不停的倒楣小班長。「喂，小獅子，我家阿文呢？」

楊中和內心哀悼著他失而復得的平靜生活又隨東水流去。

「我什麼都不知道，他已經請假一個星期沒來。」

童明夜一臉晴天霹靂，戲劇性長跪下去。

「我只是跟著教練出公差觀摩國際賽，阿文該不會以爲我討厭他了吧？」

教室前門同樣被人慘烈踹開，林律人神情陰鬱，鏡片發出陣陣寒光。

「你出去爲什麼不先說！大伯臨時決議把三名繼承候選人帶出去見世面，我上星期都不在國內！要是他討厭我了怎麼辦？」

完了完了，這下眞的死定了。

楊中和看兩大校園偶像哀號不已，艱難地補充說明：「應該與你們無關，聽說是他店長生病，沒人照料才請假，下午就會來上課。」

「路人甲，你爲什麼不早點說！」童明夜和林律人決定趁小文文不在，好好欺負小和班長一把！

「啊啊啊，救人啊！」

雨落在人心的寂寥裡。

司令台上，兩名校園偶像各據一邊，不說話，眼神也沒有半點交集。本來這時候應該是三個人，一個吵死人，一個理性規畫，一個默默記下他們快樂的暑假行程。想到這裡，就不禁悲從中來。

「都是你不好！」林律人忍不住遷怒到童明夜頭上。「要不是你加入黑社會，如果不是你那個該死的父親，現在會變成這樣嗎！」

「我又不是自願的！」童明夜吼回去，爲什麼對方一而再再而三咬著他的傷痛不放。「他就是我生父，我也只能認了！天海老頭又不放我走；我不像你，沒錢沒權沒勢，我能怎麼辦！」

林律人咬緊唇，他坐擁世家第一大族的位子，卻什麼事也做不了。因爲他身分不正，在林家從來都是委曲求全過日子。

「我錯了，我會再去跪看看。律人心肝，不要哭啦……」童明夜看林律人紅了眼眶，瞬間棄械投降。他們其實都一樣害怕再也見不到吳以文提著熱呼呼的午餐過來，隨便讓他們撒嬌、吐苦水。

「打擾了。」娉婷的馬尾女孩撐著小花雨傘來到司令台前。林律人立刻抹乾水珠，戴回眼鏡。

「小姐，有什麼事嗎？」童明夜勉強以笑容回應尋貓不著的校花。

「夜，我是來找你的。」丁擎天失落一下，趕緊打起精神。「丁家必須辭去你保護我的工作，錢已經匯到戶頭裡。」

「謝謝妳幫我說情。」童明夜向校花恭敬行禮，他已經不想把任何朋友捲進黑色的染缸裡。林律人聽得出來，他的聲音很疲憊。

「不是的，哥哥們一點也不想放過你。」丁擎天說出令美少年們為之緊張的話語。「是你爸爸跑來丁家掃射。聽說天海也是，老幫主還被他扒光……算了，總之，九聯十八幫應該暫時不敢再碰你了。」

童明夜以為人掉到谷底，應該就不會摔進臭水溝了，可惜他錯得離譜。

「老爸！你到底在幹嘛啦！」童明夜抱頭慘叫不止。

「嗯，據我哥他們的人證，你父親的意思是給大家見識一下他的兒子有多可愛，但是現在要收回家疼了。他拋了記飛吻，扔下這張紙。」丁擎天餘悸猶存地拿出粉紅色便條，交給腦袋一片空白的童明夜。

紙條寫著——明夜，爸爸愛你。

林律人看了，直接流露出不屑又噁心的表情。

「眞不知道他在想什麼？」童明夜板著臉斥責，右手卻小心翼翼把便條往口袋裡放。

「夜。」丁擎天楚楚可憐地呼喚道，演戲終於有一點成果。「他不會出現了嗎？」還想努力地多認識他一點。

「我不知道，阿文想躲的時候，誰也找不到他。」童明夜沒有半點把握。「因爲這是躲貓貓嘛……阿人，只是個笑話嘛，不要踢我！」

「我想念他的飯菜。」校花不住哽咽。

「我也是……」童明夜眼眶跟著紅了。

「夜！」

「小姐！」

兩個黑社會的抱在一起大哭，林律人眞想殺了他們。

「我想，可以拿些誘餌引誘他出來，像是綁架公園的貓。」丁擎天化悲憤爲力量，在地上畫出一對貓耳朵。

「不行，最近雨下很大，貓都躲起來了。」就像某人一樣。

「那麼，買一隻大的送他？他不是一直都在找新寵物嗎？」校花打算買對同花色的小貓，一人養一隻，主人還可以交流感情。

這點子林律人早想過了，他更想把主人接過來一起養。童明夜艱澀笑著，這其中的緣由，可不是三言兩語就說得明白。

「小姐，阿文以前有一隻脾氣跟他店長一樣的貓，胖嘟嘟的，阿文每天一直餵，一直餵……然後，好像就撐死了。」

丁擎天睜大杏眼，好悲傷的故事。

「阿文也因此要死不活好多天，所以小姐，我們要愛惜小動物，不能讓悲劇重演。」

這時，濕答答的皮鞋印踏上司令台，眾人視線立刻迎向消失多日的來者。吳以文提著大布包，不發一語，半跪下來，開始拿出一盤盤像是結婚辦桌的佳餚，校花差點尖叫。

看他默默為大家添飯的樣子，童明夜笑得很開心，側肘頂了林律人一下。

黑社會的開始大吃大喝，林律人卻鐵了心，盯著也不抬頭看他一眼的失蹤人口，就是不動筷。

「電話也不接，丟下我們，然後躲起來，這樣很有趣嗎？」

「阿人，別說了。」

林律人用力抽了下鼻子，說什麼也不能原諒對方這幾天讓他擔心受怕。

「對不起。」吳以文低著頭說。

林律人別過臉，就算內心掙扎不已，也無法輕易接受，這種事要是再發生個三兩次，他根本承受不來。童明夜好言相勸，可是生悶氣的心高氣傲，不說話的拿他沒轍。

「你們是第一次吵架嗎？」校花輕聲開口。

童明夜無力地點頭以對。

「嗯，我覺得他們只是有點氣惱，不是討厭你。」丁擎天捂著臉頰，認眞翻譯她琢磨好久的意思。

「討厭？」林律人訝異地回應這個字眼，卻發現吳以文始終縮著不動，什麼也沒吃。

「才不是！怎麼可能這麼想……」

「阿文乖，沒有生你的氣。」童明夜不知所措地摸摸他的頭，「你難得任性一次，我們平常老是給你添麻煩，不會怪你的。」

丁擎天看著兩個最受歡迎的美少年緊張地安撫人氣同樣超高的男孩子，她一直覺得校花這個頭銜應該交給校草們最愛的人才對。

「說說話，不要不理我們……」童明夜幾乎是祈求般扶起那張低垂的面容。林律人後悔了，他不該對他嘔氣，當看到吳以文傷心欲絕的眼神，心裡似乎有東西跟著碎裂。

吳以文退開兩人的碰觸，垂下悲痛的面容。

「不是故意把文文養死的！」

……啊，他聽到了。

「阿、阿文，聽我解釋……」童明夜的脖子被林律人掐著搖，依然喚不回轉身跑掉的傷心少年。

校花毫不猶豫起身追上去，不料雨天路滑，少女一把撲倒在男孩身上。照少女漫畫模式，應該是個意外的吻，偏偏她卻抓著吳以文的皮帶，長褲連同內褲一起脫下來了。

「以文同學，你的屁股也很好看呢……」校花怔怔笑著，從此再也擺脫不掉變態的稱號。

天網恢恢，疏而不漏。

連海聲趴在櫃台上，狂力敲桌洩憤。

那個因緣際會來到古董店的木盒子，打開來，不是清廷流落民間的奇珍異寶，而是一大疊快成灰的借據。

當時的父母官因深感富人極富，窮人無米過活，把府衙裡的官擄全藏起來，也因此獲罪免職。在店長的思考模式中，會被削官都是因為貪污被抓包，完全無法接受這種高尚的行徑，有這種混帳祖宗（姓嚴），難怪子孫一點舞弊本領都不會！

館長老頭和古董店有個不具文的協定，店長對海外珍品作奸犯科，他老人家都睜眼閉眼給他過。但要是出現代表當地的時代文獻資料，店長必須無條件捐獻給國家。

連海聲兩個拳頭沒多大殺傷力地往核桃木桌多敲幾下，不可一世的面容埋在桌面，發出不甘心的嗚咽聲。

店長維持這種狀態已經半天以上，吳以文都熬好退火的仙草茶出來，無聲站在太師椅後方，空出手，摸摸連海聲的長髮。

「老闆好像小孩子。」

連海聲聽到有人罵他幼稚（自動翻譯），抬起美麗的怒容。店員會開始講蠢話，就表示好得差不多了。

吳以文熟練地倒了一杯八分滿溫茶，屈身端到連海聲面前；連海聲啜了口清茶，火氣壓下三分。

前些日子，他帶著吳以文去向嚴大法官賠罪，順便討回房租、伙食費和鑰匙，卻看見那個老頭子和床上倖存的年輕保鑣嬉笑打鬧，心愛的小白臉回來了，過得很是快活。

嚴清風對吳以文那天的作爲仍然不諒解、也不認同，但念在他年紀尚小，平時又是熱心助人、尊老敬賢、努力保護小動物的好孩子，私下判他二十三條防衛過當，緩刑兩年。

而身爲被害人家屬，嚴清風選擇原諒吳以文。

連海聲絕對不會表示任何感謝，只是犯錯受到諒解，吳以文好像跟著被修復什麼，原本那雙玻璃珠似的無神眼眸，重新流動起溫潤的情感。

華杏林保證道，總有一天會治好的。

「對了，今天不是星期六嗎？」店長突然想起有什麼不對勁。週末下午時分，店員還在面前晃來晃去，格外礙眼。

吳以文僵住背脊，外面雨珠打個不停，濕答答的，不想動。

連海聲哼了聲，把長辮攬到胸前，從陶罐抽出油紙傘，走向琉璃大門，將「營業中」的吊牌兩指扳向「休息中」。

他往吳以文勾勾長指，店長想要散步的時候就是要散步。

「走吧，總不能等雨停。」

《Sea voice 古董店 2》完

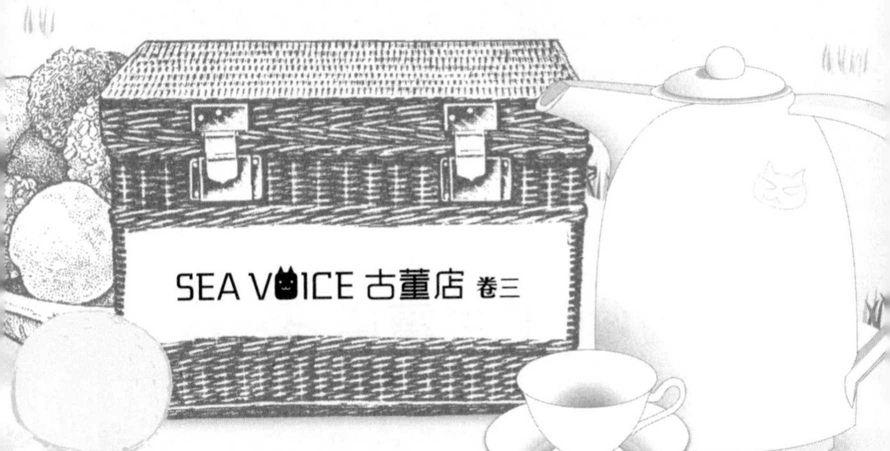

——你怎麼就死在那呢？還死得那麼慘。

一年前，店長連海聲下令吳以文潛入一等中學，
任務爲「當個別惹事的普通學生」。
然而事與願違，看似單純的校園隱藏詭譎的惡意，
學生連年失蹤，幫派、謀殺、擄人勒索，
吳以文逐步踏入陰謀交織的死亡陷阱……

童明夜：「混蛋，給我報上名來！」
林律人：「你到底是誰？沒見過如此無禮之徒！」
吳以文：「古董店店員。」

2015 歲末．期待上市！

國家圖書館出版品預行編目資料

Sea voice 古董店2 / 林綠 著.
——初版. ——台北市：魔豆文化出版：蓋亞文化發行，2015.10
冊； 公分.（Fresh；FS094）
ISBN 978-986-5987-71-8
857.7 104014519

SEA VOICE 古董店 卷二

作者 / 林綠
插畫 / MO子　　封面設計 / 克里斯
出版社 / 魔豆文化有限公司
地址◎ 台北市103赤峰街41巷7號1樓
電話◎（02）25585438　傳眞◎（02）25585439
部落格◎ gaeabooks.pixnet.net/blog
臉書◎ www.facebook.com/Gaeabooks
電子信箱◎ gaea@gaeabooks.com.tw
投稿信箱◎ editor@gaeabooks.com.tw
郵撥帳號◎ 19769541　戶名：蓋亞文化有限公司
發行 / 蓋亞文化有限公司
法律顧問 / 義正國際法律事務所
總經銷 / 聯合發行股份有限公司
地址◎ 新北市新店區寶橋路二三五巷六弄六號二樓
電話◎（02）29178022　傳眞◎（02）29156275
港澳地區 / 一代匯集
地址◎ 九龍旺角塘尾道64號龍駒企業大廈10樓B&D室
電話◎（852）2783-8102　傳眞◎（852）2396-0050
初版一刷 / 2015年10月
定價 / 新台幣 240 元
Printed in Taiwan

ISBN / 978-986-5987-71-8

魔豆

魔豆